JOHN KEATS

낭만주의 시대의 진정한 사색가,
John Keats의 미학

JOHN KEATS

낭만주의 시대의 진정한 사색가, John Keats의 미학

김미아 지음

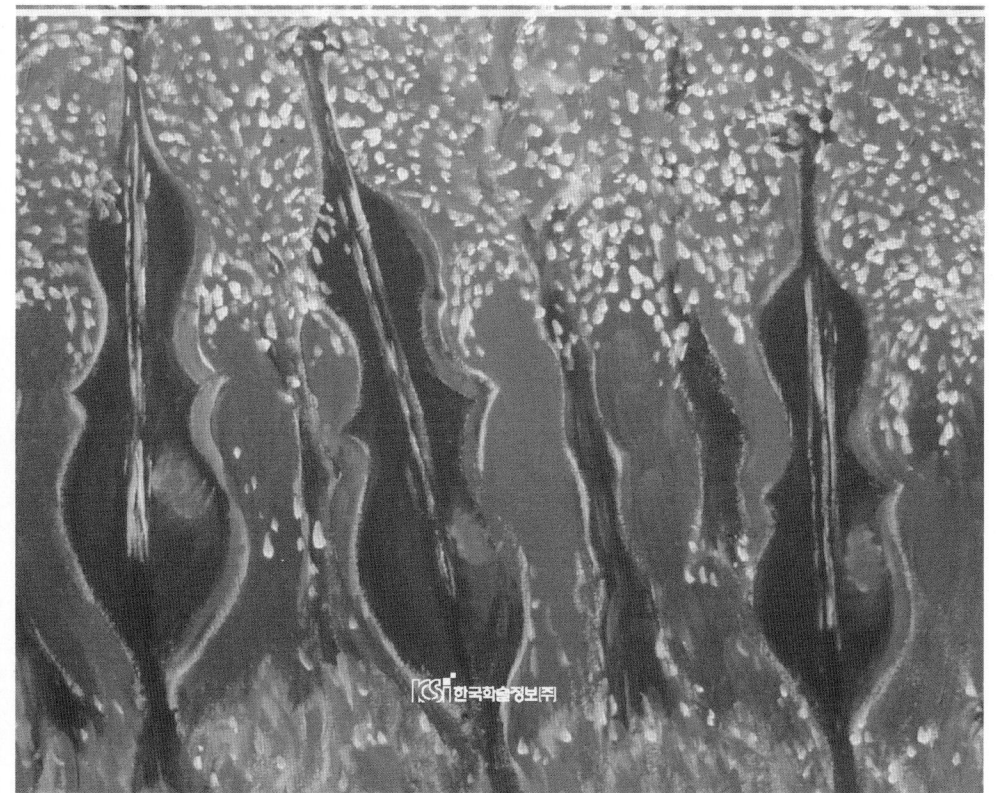

한국학술정보㈜

서 문

스물여섯의 젊은 나이로 폐결핵 요양 중 세상을 떠난 낭만파 후기에 속하는 시인 존 키츠(John Keats)는 그의 짧은 생애에 비해 영문학사에 소중한 발자취를 남겼다. '낭만적(romantic)'이라는 말에서 알 수 있듯이 낭만주의 시인들에게서 느끼는 일반적인 것은 그들이 정치 또는 사회적 상황들에 무관심하고 개인적 감정이나 자연의 아름다움에 몰입한 시인들라는 점이다. 키츠의 초기 시들이 현실을 떠나 상상적 도피를 추구하고 있는 것은 그가 동시대의 다른 시인들에 비해 어린 시절부터 많은 어려움을 겪었고, 그러한 고뇌에서 벗어나고자 현실 도피의 수단으로 상상력의 힘을 빌려 초자연적이고 환상적인 세계를 시적으로 표현하려 노력했기 때문이다. 키츠의 이러한 면을 울프 허스트(Wolf Z. Hirst)는 다른 낭만주의 시인들과 비교하여 다음과 같이 말한다.

> The scape Byron tries to find in oblivion, and other Romantics, especially Wordsworth, in nature, Keats seeks in the realms of imagination and art.
> 바이런은 망각을 통해서 그리고 다른 낭만주의 시인들, 특히 워즈워스는 자연에서, 키츠는 상상력과 예술의 영역에서 도피를 구한다.

상상력을 '아담의 꿈'에 비유하는 키츠는, 그의 많은 시에서 이상세계와 현실세계에 대한 구분이 모호할 뿐 아니라, 두 세계가 동일시될 때가 많다. 시인이 진리를 발견하는 순간도 꿈(Dreaming)과 깨어남(Waking)이 교차하는 상황이다. 키츠가 말하는 상상력이란 마음을 비운 상태인 무념, 무상의 상태에서만 가능하고 무아의 상태에서만 가능한 것이다. 이러한 그의 시적 바탕인 상상의 세계는 언제나 현실 속의 인간세계와 밀접한 관계를 가지고 있다.

키츠는 어린 시절의 불행했던 일련의 사건들을 통해서 세상에 대한 매우 회의적인 시각을 갖게 된다. 친구 베일리(Benjamin Bailey)가 "키츠는 모든 세상 만물에 대해 회의적이라고 고백했듯이, (Keats had confessed his sceptical nature in all things)", 그는 주위 사람들을 좀처럼 믿으려 하지 않았다. 그러나 키츠는 이러한 회의적인 태도로 삶을 포기하려 하지 않고 오히려 인간세계의 문제들을 불가피한 체험으로 생각하고 자신과 주위 사람들의 삶 속에 희망과 열정 그리고 고통 속에서도 좌절하지 않는 힘을 줄 수 있는 새로운 신앙의 대상을 찾으려고 노력했다. 키츠는 현실적인 고통으로 번민하는 사람들에게 특별한 관심을 가졌고, 모든 사물로부터 포착한 미를 통해 자신을 포함한 주위 사람들에게 희망과 열정을 심어 주고자 했으며 고통 속에서도 좌절하지 않는 힘과 용기를 불어넣어 새로운 영혼을 창조해 내고자 했다.

키츠가 인생을 폭넓고 깊이 있게 생각했던 것은 여러 가지 그의 고통스러운 체험들의 영향이 컸다고 볼 수 있다. 키츠는 8세에 마차 보관업을 하던 아버지를 낙마사고로 잃음으로 시작된 고통이 어머니마저 재혼을 함으로써 계부와의 갈등을 겪게 되고, 유산 상속을 둘러싼 집안 간의 소송사건, 어머니의 죽음, 외조모와 막내 동생 토마스(Thomas)의 죽음, 가난 그리고 사랑했던 여인 패니 브론(Fanny Brawne)과의 비극적인 사랑 등을 통하여 일련의 연속되는 불행을 겪는다. 그는 인간세계의 모든 문제들, 죽음, 고통, 상실, 이별 등을 깊이 생각하게 되며 아울러 세상에 회의적인 태도를 가지게 된다. 그는 기존의 종교나 원리 원칙들이 자신에게 아무런 위안이 되지 못함을 깨닫고 새로운 진리, 즉 영원하고 변하지 않는 미의 추구로 세상의 고통을헤쳐 나갈 수 있으리라 믿는다.

키츠는 '아름다움은 영원한 기쁨'이며 인간의 감각이나 상상력을 통해 느끼는 순수 미는 우리를 건강하게 해 주고, 영혼을 짓누르는 실망과 비인간적인 결핍으로부터 벗어날 수 있게 해 준다고 말한다. 이것은 미가 추상적이거나 형이상학적인 개념이 아니라 구체적이고 인간적인 개념이라는 것이다. 이렇듯 키츠에게 시는 곧 힘이며 스스로 존재하는 잠재력이며, 모든 아름다움을 보고 기억하게 하며 상상하도록 영감을 주는 신앙과도 같은 고상한 열정이다. 그에게 시를 쓰는 일이 그의 존재와 밀접한 관계를 맺고 있었다는 것은 1817년 4월 18일 레이놀즈(F. H. Reynolds)에게 보낸 편지에서 "나는 시 없이는, 영원한 시 없이는 존재할 수 없다(I find that I cannot exist without eternal poetry)"라고 한 말에 의해 알 수 있다.

본 저서는 키츠에게 있어 시를 쓰는 것은 그 자신만의 대상과의 사랑을 나누는 방식이었고, 가난한 젊은 시인에게 있어 세상으로의 유일한 출구였으며 또한 그가 세상으로부터 받은 상처와 불명예를 회복하려는 노력이었다는 것을 밝히고자 한다. 따라서 그의 시는 풍부한 인간적 색채와 고뇌로 가득 차 있으며 아름다운 음악과 향기로 넘쳐나는 옛 신화를 바탕으로 가지각색의 꽃과 새, 벌, 나무 그리고 바다를 거쳐 심오한 영혼의 골짜기에 이르고 있다. 키츠 자신도 후기 시 The Fall of Hyperion에서 "시인은 현인이며, 모든 사람의 휴

머니스트이며, 치료자이다"라고 정의함으로써 인간 내면의 고통의
치유가 시인의 가장 중요한 과제임을 밝히고 있다.

차례

Ⅰ. 낭만주의의 사색가, John Keats

    스물여섯 살의 나이로 요절한 존 키츠(John keats, 1795∼1821)는 인간과 이 세상에 대한 진정한 모습을 파악하고자 노력했던 낭만주의의 후기 시인이다. 짧았던 시작생활 동안 남긴 시와 편지들에서, 그는 삶이 상반된 특질들로 이루어져 있다는 자신의 인생관을 보여준다. 그의 그러한 생각은 실제 그의 삶의 갈등의 연속으로부터 받아들여졌던 것이다. 키츠는 어린 시절에 부모를 여의고 경제적 궁핍 속에서 생의 고통을 체험하면서 자랐다. 또한 자신의 어머니와 동생들을 빼앗아 간 유전성 폐병에 대한 공포를 항상 의식해야만 했다. 유일한 연인 패니 브론(Fanny Brawne)과의 사랑도 그에게 기쁨보다는 절망을 안겨 주는 것이었다.

    그러나 그러한 고통스러운 현실은 키츠로 하여금 삶의 참된 속성에 대하여 천착하게 하였다. 더글러스 부시(Douglas Bush)는 이렇게 말한다.

> He [Keats] recognizes the mixture of beauty and cruelty in nature, the mixture of good and evil in men, the superiority of

disinterested goodness to works of genius, the necessity and the
moral benefits of facing pain and trouble.

그는[키츠] 자연 안에서 아름다움과 잔인함의 공존을, 인간 안에서 선과 악의 공
존을, 천재의 작품 안에서 관심을 받지 못하는 상품의 우수함을, 고통과 좌절을
직면해야 하는 필연과 도덕적 혜택을 인식하고 있다(Douglas, 237).

이와 같이 세상 만물이 상반적 특질들을 내포한다고 보는 키츠는
그의 시에 현실에서의 인간적 갈등과 고뇌를 함축하려고 끊임없이
노력했다.

오늘날에는 여러 방향에서의 확대된 정보와 지식 덕택으로 키츠에
대한 진정한 인식과 이해에 도달했다고 말할 수 있다. 키츠에 대한
비평의 양상은 크게 두 부류로 나뉜다.

첫 번째 비평의 입장을 견지하는 사람들은 키츠를 대체로 감각적
이고, 화려하며, 풍부한 무정형의 시인으로 설명한다.[1] 이들 중 로웰
(Lowell)과 포드(Ford)는 키츠가 그의 시에서 오직 화려하고 감각적인
작품세계를 추구한다고 주장하며, 게로드(Garrod)와 브릭스(Briggas)
는 그가 그러한 세계를 그려 가는 과정에서 드러내 보이는 환상적
표현기교에 대해 찬사를 보낸다. 아놀드(Arnold)는 다음과 같이 언
급한다.

No one else in English poetry save Shakespeare, has in

---

[1] 이 들에 속하는 대표적 인물로는 Amy Lowell, N. F. Ford, H. W. Garrod, Harold Edgar
Briggs, Wolf Z. Hirst 등이 있다. 그리고 이어 소개될 또 다른 입장을 취하는 비평가들에는
John Middle Murry, M. H. Abrams, C. D. Thorpe, Jack Stillinger, Robin Maayhead,
Walter Jackson Bate 등이 있다. 이러한 두 비평 양상은 이 책과 Helen Vendler의 *The Odes
of John Keats*의 서문을 참고함. Helen Vendler, The Odes of John Keats(Cambridge:
The Belknap Press of Harvard University Press, 1983), pp.3 – 14 참조.

expression quite the fascinating felicity of Keats, his perception
of liveliness.

셰익스피어를 제외한 어느 누구도 영국 시 역사에 있어, 키츠만큼 자연의 생생
함에 대한 인식을 매혹적인 적적함으로 표현한 사람은 없었다(X V).

베일리(Bailey)에게 보낸 자신의 편지에서 조차 키츠가 '사색의 삶
보다는 감각적 삶(O for a Life of Sensations rather of Thoughts)'[2]
(67)이라고 언급한 부분을 보면, 그가 순전히 환상적이고 감각적인
세계를 추구했다는 이들의 해석은 상당한 설득력을 갖는 듯하다.

이와 같이 이들은 키츠가 시작기간 동안 오로지 감각적 화려함과
충만함으로 가득한 사랑이야기나 미의 문제를 다루었다는 점에 초점
을 맞추어 고찰한다. 즉 이들은 '화려함의 시인'(a poet of luxuries)
으로 키츠와 그의 작품을 이해하는 데 공헌한다.

그러나 대부분의 비평가들은 키츠가 예리한 심안(inward eye)으로
인생을 관조하며, 아울러 삶 속에서 겪는 갈등과 고통을 차분한 명
상을 통해 이지적으로 보았던 시인이라고 설명한다. 이들 중 존(John
Middleton Murry)은 아놀드(Arnold)의 평을 빌려 "그는 단지 감각
적인 시인이 아니라 감성적인 시인(he is not a mere sensuous and
sentimental poet)"(60)이라고 말한다. 아브람스(M. H. Abrams) 역
시 키츠가 그의 작품에서 "풍부한 감각적 표현과 더불어 그러한 삶
과 사고의 삶에 대하여 똑같은 관심을 기울이고 있음"(797)을 알 수
있다고 말한다. 쏘프(C. D. Thorpe)도 키츠가 자신의 삶과 시에 대

---

2) Maurice Buxton Forman, The Letters of John Keats(London: Oxford University
   Press, 1952), To Bailey, 22 November 1817. 후에 인용되는 키츠의 편지들은 이 책에
   서 참고한 것이며, 다음부터는 인용구 밑의 괄호 안에 페이지만을 밝히겠다.

해 깊이 생각했으며 현실의 문제로 갈등했던 시인이었다고 주장하면서, 비평사상 처음으로 이전의 시인들과 구분되는 새로운 철학적 시인으로서의 키츠에 대한 충만한 분석을 제시한다(Douglas, 231).

이와 같이 이들은 키츠가 그의 작품에서 감각과 사고를 분리시키지 않는 삶을 추구했다는 점에 더욱 초점을 맞추고 있다. 이들은 현실의 문제를 그의 작품 속에 내포시키고자 했던 현실 속에 존재한 시인으로서의 키츠와 그의 작품을 이해하는 데 더욱 공헌을 하고 있다.

본 저서에서도 이들의 입장에서 키츠의 내면세계의 미묘한 성숙과정에 초점을 맞추어 그의 시작품, 초기 시의 대표작들과 *Great Odes*(송시들)을 살펴볼 것이다.

키츠와 그의 작품에 대한 정확하고 폭넓은 해석을 위해 이러한 비평의 양상들을 살펴보는 것도 중요하겠으나, 보다 중요한 것은 그에게 있어 시의 의미를 살피는 것이다. 레이놀즈에게 보낸 편지에서 명확하게 드러나듯이, 그는 "나는 시 없이는- 영원할 시 없이는 존재할 수 없음을 알고 있다(I find that I can not exist without poetry - without eternal poetry)"라고 말함으로써, 시가 자신의 열정을 심고 거두어들일 수 있는 것이며 또한 자신의 존재 가치까지도 측정할 수 있는 것이라고 서슴없이 말한다. 다시 말해 키츠에게 시는 곧 힘이며, 현실의 모든 아름다운 것을 보고 기억하게 하며, 상상하도록 영감을 주는 것이다.

이처럼 시적 열정을 지녔던 키츠는 현실의 고뇌에서 도피하고자 방법을 모색하기도 하였고, 한편으로는 이러한 경험에서 추출된 인간과 삶에 관한 지혜를 예술이라는 매개를 통하여 표현하려 하였다. 울프(Wolf Z. Hirst)는 키츠의 이러한 면을 다른 낭만주의 시인들과 비교하여 "바이런(Byron)은 망각 속에서, 워즈워스(Wordsworth)와 같은 다른 낭만주의자들은 자연 속에서 그리고 키츠는 상상력과 예술의 영역에서 현실세계로부터 탈출구를 모색한다"(157)고 주장한다. 다른 낭만주의 시인들에게도 역시 상상력이라는 매체를 통해 이 세상을 도피함으로써 현실의 시련과 고통을 극복하려는 충동과 움직임이 있었고, 키츠에게서도 그러한 속성은 드러난다.

그러한 상상력이라는 정신의 창조적 기능은 낭만주의 시인들에게 자아와 외부 세계 간의 틈을 메워 줄 만한 것이다. 낭만주의자들은 상상력이 진리와 구체적 현실에 대해 어떤 본질적 관계를 견지한다고 믿기에 작용하고 있는 보이지 않는 힘을 구체화하고 영감을 받은 통찰력으로 그것을 이해하고자 한다. 키츠에게 상상력이란 '감정이입적 잠재성(Sympathetic Potentialities)'(Walter Jackson Bate, 51)을 가지는 것이다. 그는 외부 세계의 대상물에 풍부한 상상력을 작용시켜 그 본질 혹은 정체를 포착한다. 그리하여 자신의 정체를 잊어버린 채 그 대상물에 몰입하게 된다. 이러한 적극적 자아몰입과 그것에서 오는 행복감은 그가 말하는 바의 'Negative Capability(Letters, 32)'와 일맥상통하는 것이기도 하다. 이것은 곧 자신을 버리는 것을 포함하는 상상력에 의한 자아개방인 동시에 현실을 받아들이는 상상력의 작용이다.

키츠는 또한 이 세상이 슬픔과 고통, 쇠잔과 소멸 등의 비극적인 면을 많이 가지고 있지만, 그와 동시에 기쁨과 행복과 달콤함도 함께 존재하고 있음을 깨닫고 있었다. 그는 그러한 이 세상을 '영혼을 만들어 가는 골짜기(a vale of Soul – making)'[3]로 설명하고자 했으

---

3) 키츠의 유명한 "vale of Soul – making"의 편지가 쓰인 시기는 1819년 4월 21일이었다. 여

며, 영혼 형성을 위한 세 가지 요소를 '지성(intelligence)', '인간의 마음(human heart)' 그리고 '세상(world)'이라고 말한다. 여기에서 'heart'란 키츠가 '인간 열정의 자리(the seat of the Human Passions)'라고 정의내리는 바의 인간의 본능적인 것, 특히 사랑을 느끼게 하는 것이다. 그는 Mind와 Heart가 작용하여 Soul을 형성하기에 적합한 World로 이끌어 준다고 말한다. 즉 이 세상을 지성과 감성의 적절한 대립, 상호작용에 필요한 공간으로 보는 것이며, 그것을 아이들을 가르치는 학교에 비유한다. 그는 고통과 비애로 가득 찬 이 세상이 오히려 영혼을 형성하기 위해 지성을 기르는 데 반드시 필요한 것이라고 생각한다.

이처럼 키츠에게 사람이 몸담고 있는 이 세상이란 고통과 슬픔을 통해 지성과 감성을 단련시키는 곳이다. 그는 이러한 세상의 비극성을 절감하지만 이 비극을 오히려 영혼 형성에 필수적인 것으로 보고 승화시키려 하고 있는 것으로, 이것은 그가 현실 속에서 고통을 극복하고자 노력한 흔적이다.

키츠의 시 세계는 이렇듯 현실세계와 결코 분리될 수 없는 필연적 관계에 놓여 있다. 다시 말해 그의 시 세계는 '실제세계(actual world)에서 이상세계(ideal world)로 그리고 다시 현실세계(real world)'로

기에서 그는 '고통과 어려움이 있는 세상'은 인간의 영혼을 수련하고 또 구원하기 위해서는 필수 불가결한 요소라는 생각을 적고 있다. "Call the world if you please 'The vale of Soul-making.' Then you will find out the use of the world. …… I say 'Soul Making', Soul as distinguished from an Intelligence — There may be intelligence or sparks of the divinity in millions — but they are not souls till they acquire identities, till each one is personally itself. Intelligences are atoms of perception …… in short they are God — how then are Souls to be made? How then are these sparks which are God to have identity given them. …… How, but by the medium of a world like this?"(Letters, 334 - 335) 이 편지 구절에서 볼 수 있듯이, 키츠는 영혼의 수행과 완성 과정에 있어 이 세상이 대단한 의미를 지닌다고 생각하고 있었다.

되돌아오는 구조로 되어 있다(Stillinger, 103). '실제세계'는 키츠가 만물을 그의 감각으로 느끼는 곳이며, 고통과 비애가 있는 그대로 존재하는 세계이다. 그는 그러한 고통에 찬 현실로부터 탈출하기 위해 상상력을 발휘하여 이상세계를 탐색하게 된다. '이상세계'는 그가 현실의 고통과 비애로부터 끊임없이 탈출을 모색하게 되는 도피처로, 그의 시에서 자주 등장하는 '정자(bower)'와 같은 곳이다. 그러나 결국 이 세계는 그에게 현실과의 괴리감만을 안겨 줄 뿐이다. '현실세계'는 키츠가 실제세계를 거쳐 이상세계로의 비상 후에 도달하게 되는 곳이다. 이상세계에 대한 탐색이 가져다주는 피상성과 실망감을 겪고 난 후의 현실세계에서, 그는 마침내 존재하는 모든 것들의 진정한 본질을 받아들일 수 있게 된다. 키츠는 이 세상에서의 인간 조건들, 질병, 사랑, 기쁨, 고통과 슬픔의 의미 그리고 죽음이라는 인간의 영원한 한계인 필멸조차도 포용할 수 있는 폭넓은 시각을 갖게 된다. 키츠는 이러한 현실세계에서 얻게 된 폭넓은 시각으로 자신의 작품세계를 주도해 간다. 키츠의 대부분의 시작에서 확인되는 구조는 낭만주의 시인들 누구에게서나 나타나는 일반적 경향이기도 하다. 이러한 근본적 구조 위에서 키츠의 시 세계는 초기 시로부터 *Great Odes*에 이르기까지 미묘하게나마 점진적 발전양상을 보이고 있다. 키츠가 '다음에 다가올 날들을 위하여 짜 놓은 시적 프로그램'4)이라고 말하는 초기 시인 *Sleep and Poetry*(숙면과 시)에서, 그는 시인으로서의 자신의 계획과 의지를 나름대로 보여 주고 있다.

---

4) Barry Gradman, Metamorphosis in Keats(New York: New York University Press, 1980), p.7. Graham Hough도 'Sleep and Poetry'에 대해 'his poetic ideals'을 형성하려는 최초의 시도였다고 말한다. Graham Hough, The Romantic Poets(London: Cambridge University Press, 1980), p.161.

"The great end of poesy, that it should be a friend to soothe the caress and lift thoughts of man."

시의 위대한 목적은, 그것이 인간의 사고를 확장시키며 인간의 감정을 매만져 주어야 한다는 것이다(157).

즉 그가 앞으로 그의 작품 속에서 현실의 고뇌와 역경으로부터 벗어나기 위해 쾌락과 환희에 찬 환상적 이상세계를 그리기보다는 인간 마음의 고통과 투쟁이 뒤섞인 현실세계와 직면하여 이것들을 치유하고 극복하려는 자신의 의지를 그리겠다는 결심을 보이고 있다. 이것은 결국 '인간의 고통과 갈등(the agonies, the strife of human hearts)'이라는 주제가 키츠 자신이 겪는 고뇌와 갈등 안에서 구체화될 것이며, 그가 이 세상에서 그것들을 주제로 하여 주요 시를 창출해 낼 것이라는 것을 의미한다.

이를 위해 본 저서의 제1장에서는 "그의 미래의 노래에 대한 고매한 서곡이자 예시"라고 불리는 *Sleep and Poetry*를 비롯하여, 초기의 대표적 시작이라 할 수 있는 *Endymion, The First Hyperion, The Eve of St. Agnes* 등을 거치면서 부분적으로는 퇴보하는 듯한 시적 변천과정을 살펴보자 한다.

제2장은 크게 3부분으로 나누어, 제1절에서는 키츠가 *Ode to Psyche*에서 Psyche 신화를 상상력을 통해 재창조해 가는 과정에서 얻게 되는 불멸과 필멸, 즐거움과 슬픔 등 인생의 참모습에 대한 복합적인 시각에 대해 살펴보고자 한다.

제2절에서는, *Ode to a Nightingale*과 *Ode on a Grecian Urn*을 중심으로 나이팅게일이나 항아리에의 몰입을 통해 현실세계에서 인

간이 겪게 되는 고통, 고독, 죽음, 노쇠 등으로부터 도피를 꿈꾸지만, 그의 그러한 갈망이 실패로 끝나게 되고, 이러한 실패를 통해 시인이 도달하게 되는 진정한 깨달음에 대해 살펴보려 한다.

제3절에서는 *Ode on Melancholy*를 통해, 키츠가 삶의 고통과 좌절로부터 도피하여 현실을 부정하기보다는 인생의 비극적인 면을 날카롭고 분명하게 꿰뚫어 봄으로써 인생의 고통에서 벗어날 수 있다는 의식을 갖게 됨을 살펴볼 것이다. *To Autumn*에서는, 키츠가 조화를 이룬 가을의 음악을 통해 진정으로 현실의 삶 속에 투영되어 있는 인간으로서 피할 수 없는 조건들, 사랑과 미움, 슬픔과 행복감 그리고 죽음과 불멸 등의 이상이 현실세계 속에서 조화롭게 융합되어 존재함을 긍정적으로 수용하게 됨을 살펴보려 한다.

본 저서는 낭만주의자, 키츠가 이상세계로의 열망이나 탐색을 경험하고 난 후, 더욱 확대된 폭넓은 시각으로 현실을 이해할 수 있게 된다는 발전의 양상으로 그의 시 세계를 고찰하고자 하며, 그럼으로써 존 키츠가 감각적인 시 세계만을 고수했던 시인이 아니라, 현실을 수용하기 위해 부단히 노력하고 고민했던 철학자임을 제시하고자 한다.

Ⅱ. 갈등과 혼란의 사색기: 초기 시

키츠는 짧은 생애 동안 놀랍게도 강렬하고 눈부신 업적을 이룩했다. 특히 스무 살이었던 1816년부터 죽기 2년 전인 1819년까지의 4년 동안 이룩한 시적 성취도는 대단한 것이었다.

초기에 해당되는 1816년 시인은 *On first looking into Chapmans Homer*와 *O Solitude!* 등의 소네트(sonnets)를 많이 썼다. 그 당시 그에게 깃들어 있었던 생각은 상당히 평범했다. 주로 자연의 아름다움을 찬양하였으며, 실제세계에 대한 염려도 인간이 참다운 시에 의해 창조된 세계로 올라가는 것을 방해하는 족쇄에 불과하다는 생각이 우세했다. 그 당시 소네트의 특징은, 감정적인 면에서는 자발적이고, 거칠며, 세련미가 부족하다는 점이었다. 머리(Murry)의 표현대로, "사고와 예술에 대한 관대한 열정의 고백(a confession of generous enthusiasm in thought and art"(14)이라고 말할 수 있다.

키츠의 대부분의 초기 시들은 대체로 '사랑스러움(loveliness)'이나 '아름다움(beauty)' 등의 이상들, 즉 '호사스러움(luxuries)'에 호소하는 감미로운 종류의 '시(poesy)'였다. 그는 대부분의 인간들이 갈망

하는 바의 삶의 꿈들, 열망들, 욕망들을 '공상(fancy)'과 '상상
(imagining)'으로부터 끌어내어 표출했다.[5] 이러한 과정에서 그는 온
유하면서도 감상적인, 미화된 표현 등 에로틱한 흐름을 유지했다. 메
이헤드(Mayhead)도 쾌락과 환희 등의 속성들로 충만했던 그의 초기
시의 특성을 다음과 같이 제시한다.

> "Dying a death of luxury, and contemplating the joys of a 'bower'
> sealed against worldly care, are part of the same early Keatian
> appetite."

> 쾌락의 죽음을 맞이하는 것, 세상사의 근심으로부터 달아날 수 있는 '정자'에서
> 의 기쁨을 만끽하는 것, 이것이 바로 키츠 초기 시의 욕망이다(157).

이와 같이 키츠는 초기 시에서 이상 지향적인 경향을 다분히 보였
으며, 따라서 신화나 전설을 그 배경으로 삼고 있다.

초기 습작 시라고 할 수 있는 *Imitation of Spencer(1814), On the
first looking into Chapman's Homer*(1816) 등을 거치면서 *Sleep
and Poetry*(1816)를 전후하여 미성숙하나마 후기의 송시를 예견해
줄 만한 시들이 탄생되었다. 키츠의 시인으로서의 완성은 '경이의 해'
라고 불리는 4년(1817~1820)이라는 극히 짧은 기간에 이루어졌다.
이 시기에 장편 시 *Endymion*을 비롯해 6편의 송시, *The Eve of St.
Agnes, La Belle Dame Sans Merci, Lamia, Two Hyperion* 등 키츠
의 대표작이 쏟아져 나왔다. 그의 습작 시기를 마무리하는 *Sleep
and Poetry*에서 키츠는 인생이 단지 달콤하거나 안전하지도 않으며

---

5) E. C. Pettet, *On the Poetry of Keats*(Cambridge: The Cambridge University Press,
   1957), 서문참조(1 - 36).

아무 역경도 없는 곳이 아니라는 것을 깨닫게 해 주는데, 이 시에서 키츠는 인생은 'A fragile dew drop'(Ⅱ. 86)처럼 여리고 깨어지기 쉬운 것이라고 노래한다. 이때 키츠는 이미 생(生)이 가진 덧없음과 인생의 무상함을 감지하는 눈을 떴다는 것을 알 수 있다. 키츠는 그의 초기 시에서 주로 현실적이고 환상적인 세계에서 위안을 구했으나 키츠의 이러한 경향에 대해 딕스테인(Morris Dickstein)은 다음과 같이 언급한다.

> It is poetry as visionary bower for a spirit, a refuge from the pains of selfhood and actuality, rather than a tragic poetry of self-knowledge and the widening of consciousness.
>
> 시는 키츠가 자아와 현실세계에서 오는 고통에서 숨어들고자 하는 안식처로서 'bower'는 어떤 현실생활에서 오는 고통을 피하려는 도피처이며 의식의 확장도 없다(207).

또한 'sleep'은 'bower'와 함께 키츠 초기 시의 중요한 소재가 되고 있는데, 그것은 일상사의 걱정이나 근심으로부터 멀리 격리된 보금자리에 안주하려는 태도와 동일한 맥락으로 이해할 수 있으며, 쾌락에의 탐닉이나 '플로라와 늙은 목신의 영역(the realm of Flora and old pan)'에 대한 집착으로 나타난다. 외부세계의 위협으로 안식처를 제공하는 '나무그늘의 휴식처(bower)'는 그의 시적 모티브로서, 이것은 자연의 아름다운 장소일 뿐 아니라 찰나적 정신적 안락을 제공하는 모든 것을 지칭하는 것이다. 그것은 어머니의 모태와 같은 곳으로 의식의 확장이 전혀 없는 고통스러운 현실세계로부터의 도피처이기도 하다. *Sleep and Poetry*에서 시인은 잠을 상상력의 세계로 인도해 줄 뿐만 아니라 마음의 상처를 치유해 주는 존재로 수용한다. 키츠는 시 *Sleep and Poetry*에서 시를 '자신의 오른팔에 반쯤 잠들어 있는 힘(This might half slumgring on its own right arm, 1, 237)'으로 정의한다.

그러나 이런 상태에만 머물 수 없음을 깨달은 시인은 기쁨과 즐거움으로 가득 찬 시를 쓰기보다 인생의 짐과 고통을 전해야 한다는 자각에서 다음과 같이 고백하기에 이른다. "Yes, I must pass them for a nobler life, where I may find the agonies, the strife of human hearts – "(Ⅱ. 123~25) 따라서 키츠는 이 시에서 미약하나마 이후에 나오는 중요한 시들의 근간을 이루는 주제인 '고통과 곤경의 세상'에서 시를 매개로 하여 인간의 고통을 치유하고 극복하여 구원에 이르려는 움직임을 보인다.

다음 단계로 *Endymion*(1817)은 키츠가 자신의 능력에 대한 탐구로 쓴 야심작으로 기쁨과 슬픔의 상반된 면들을 묘사하고 있는데, 대체로 미숙하다는 평가를 받고 있다. 그것은 키츠가 아직 쾌락에 대한 탐닉에서 벗어나지 못했기 때문이기도 하고 'A thing of Beauty'란 달콤한 꿈을 수반하는 환상적인 'bower'를 제공하는 것으로 묘사되어 있다. 이 시는 또한 'Flora and old Pan'의 세계와 작별을 고하지 않고 그리스의 아름다운 신화와 접할 기회를 다시 한번 꿈꾼 결과이기도 하다. 키츠의 시 가운데 시인이 가장 즐겨 표현하는 것은 여성의 아름다움이며 또한 그의 시는 현실의 고통스러운 삶에서 얻을 수 없었던 위안과 정열 그리고 기쁨을 줄 수 있는 것으로 묘사되어 있다. *Endymion*을 쓸 당시에 키츠에게는 고통을 극복하려는 노력은 있었지만 아직 고통과 시련이 혹독하게 닥쳐오지 않을 때였다.

 *Endymion*은 주인공 엔디미온이 이상적인 여인을 찾아가면서 시련을 겪는 정신적 성장과정을 그린 시이다. 그러나 엔디미온이 초기시의 일반적인 분위기와 다른 점은, 이 시에서 보이는 쾌락이 단순한 쾌락이 아닌 쓰라림과 고뇌가 섞인 쾌락이라는 것이다. 또한 키츠는 그가 찾던 이상적인 여인(ideal woman)인 신시아(Cynthia)가 실재의 인간(real woman)으로 변화된 인도처녀(Indian Maiden)가 되었을 때 진정한 기쁨을 느낄 수 있었다고 말한다.

 이 시는 달의 여신 다이애나(Diana)와 아름다운 양치기 소년과의 신화에서 차용한 것이다. 이 신화에서 엔디미온은 어느 날 잠든 사이에 그 모습을 지켜보던 여신에 의해 달로 옮겨지는 수동적 인물로 묘사되어 있으나, 키츠의 주인공 엔디미온은 본래의 신화와는 반대로 그 스스로 자신의 연모의 대상인 달의 여신을 찾아다니는 적극적이고 능동적인 인물로 변화된다. 그러나 키츠 시 속의 여성은 주로 유혹자로서 또는 진리에 대한 안내자로서 종종 상상력에 대한 메타포로 의미된다. 이에 대해 베스 루(Beth Lau)는 다음과 같이 말하고 있다.

 The Goddess is therefore a muse figure who are represents both the poetic imagination and poetry itself. Different goddess symbolize different methods of composition and different kinds of poetry.

 여신(불멸의 여성을 총칭하는 것)은 시적 상상력과 시 자체를 나타내는 시신의 상징이다. 여신이 다르면 시작 방법과 시의 종류도 다르다(Lau, 323).

그의 후기 시 *Great Odes*에서 시인은 불멸의 여신을 창조하는 과정에서 시인 자신의 자아가 완성되고 가변적인 현실이 주는 무상함에서 벗어나 영원한 세계에서 아름다움과 기쁨과 행복이 넘쳐흐르는, 영원히 아름답고 영원히 기쁘고 영원히 행복한 세계에서 살 희망에 가득 차 있다.

1818년 9월 키츠는 죽어 가는 형제의 고통을 생각하면서, 깊은 우울감에서 조심스럽게 도피하고자 *The First Hyperion*을 쓰기 시작한다. 그는 앞서 아름다움을 '영원한 기쁨(a joy for ever)'이라고 묘사하지만, 이 시에서는 아름다움에다가 변화와 손실과 고통의 연관성을 갖는 동시에 *Ode on Melancholy*의 주제가 되는 죽음과 '생중사(生中死)'의 개념을 첨가시킨다. *The First Hyperion*은 주인공 하이페리언(Hyperion)의 이야기가 아니라 시신이 된 아폴로(Apollo)에 관한 시이다. 아폴로는 시인이며 신성을 가진 음악가로 키츠가 되고자 하는 이상적인 인물로 키츠의 화신이라고 할 수 있다. 그는 신성을 가지고 있으면서도 동시에 인간의 쓰라림과 고통을 지니며 실제로 괴로움을 겪는다.

시 본문에 나오는 'die into life'(Ⅱ. 1, 130)라는 표현은 아폴로가 지상에서 삶을 위해 죽고 그의 시적인 위력에 의해 다시 태어나게 된다는 것을 나타낸다. 이 시는 추상적인 환상으로 그치기는 했지만, 인간의 고통과 시련이라는 경험이 오히려 인간을 신격화할 수 있다는 사실로써 시인은 세상의 고통을 승화시키고 있다. 이 시는 해럴드 블룸(Harold Bloom)의 말에 의하면, "죽음은 아름다움의 어머니이며, …… 필멸성은 인간의 위대성 내지 영원한 인간 예술에 필요한 조건(Death is a mother of beauty, …… mortality is the necessary condition for human art)"(309)이라는 생각을 제시하고 있다 하겠다. 또한 죽음과 인간의 필멸성과 같은 주제들도 모두 후에 나올 송시에서 훌륭하게 다루어질 것이며, 특히 *Hyperion*에서 비극적인 면이 두드러진 것은 이후에 이어질 키츠의 송시 가운데 가장 완벽하다고 평가받고 있는 *To Autumn*의 주제를 이루는 생명의 순환과 수용과 승화라는 대명제를 제시하고 있는 것이다.

키츠의 송시와 더불어 많은 사랑을 받고 있는 시 *La Belle Dame Sans Mercisms*는 그의 나이 어린 연인이었던 패니 브론에 대한 애틋한 사랑의 느낌을 전달해 주는 시이며 동시에 남성담론(male Discourse)이라고 할 수 있다. 시 본문에서 기사가 건네준 꽃 족두리 (A garland for her head), 팔찌(bracelets) 그리고 향내음의 허리띠 (a fragrant zone) 등은 바로 그녀를 기사 자신의 소유물로 취급하여 그녀를 구속한다는 상징성이 있다. 그러나 기사와 요정이 바라보는 시각에는 차이점이 있는데, 기사는 달리는 말 위에서 요정을 안고 달려도 아무도 보이지 않는다(I set her on my pacing steed, And nothing else saw all day long)(Stillinger, 358)고 한다. 그러나 이에 대비되는 요정의 노래를 불렀지(For sidelong would she bend, and sing A fairy song)에서 드러나듯이 기사는 하루 종일 요정만을 상상하며 달렸다는 사실에서 유추할 수 있다. 기사의 시선이 직선적인 데 반해 요정의 시선은 '비스듬한' 것이며, 그녀의 눈은 '야성적'이라고 표현되어 있다. 요정이 노래를 불렀다는 것으로 그녀가 시의 여신의 은유로 볼 수 있다.

키츠에게 있어 시 쓰기는 이와 같이 변덕스럽고 매정한 시의 여신을 자신의 시의 뮤즈로 만드는 고통스럽고 고난에 찬 수행과정인 셈이다. 1818년 12월 1일 막내 동생 토마스가 죽고, 그때를 전후하여 키츠의 마음속에는 여성에 대한 갈구가 높아졌다고 볼 수 있다. 이 때 쓴 작품이 연인 패니 브론과의 정열적이고 감각적인 사랑의 결실 이라고 할 수 있는 *The Eve of St. Agnes*이다. 이 시는 기본적으로 대조와 병렬을 이루는 구성으로, 밖의 맹렬한 추위와 실내의 따뜻함, 기독교적인 면과 세속적인 심지어 이교도적인 면의 대조 또 늙음과 젊음의 대조 등 육체적, 정신적인 면의 대조로 되어 있다. 이 시는 St. Agnes Day의 전야라는 신비한 분위기를 배경으로 행복과 고통, 성장과 부패 등이 시간이 흐르는 자연세계로부터 침입받지 않는다면, 마치 *Ode on a Grecian Urn*에 나오는 항아리에 새겨진 불멸의 연 인과 같이 생명이 없는 존재로 남아 있을 것이다. 이 작품에서 매들 렌(Madeline)과 포푀로(Porphro) 두 연인은 사랑의 결합을 한 후 폭 풍 속으로 도망을 간다. 키츠는 이 시에서 지상에 기반을 둔 현실적 인 연인들을 다루고 있으며 폭풍과도 같은 시련이 얽힌 현실세계와 직면하여 정신적인 성장을 이루게 됨을 보여 준다.

여기서 키츠의 생각들을 다시 정리해 보면, 그는 항상 사물을 주 의 깊이 관찰하면서 그의 감각을 통해 실제 경험한 것을 상상력을 통해 강렬한 아름다움으로 포착된 것은 곧 진리라고 믿었다. 그는 또한 이 세상의 시련이 한 인간의 영혼을 형성하는 데 필요한 부분 이라는 것을 그의 'Soul-Making'의 이론을 통해서 확인시켜 주었 다. 키츠는 이 세상이 고통과 비애로 가득 차 있으나 그와 동시에 기쁨과 달콤함 그리고 행복이 그 고통과 비애 안에 내재하고 있음을 깨닫고, 이러한 고뇌와 비탄으로 가득 찬 세상을 슬기롭게 극복하기 위해 나름대로 노력한다. 그는 이 세상을 지성을 단련하여 영혼을 형성하기에 적합한 곳으로 보았다. 그는 특히 영혼을 형성하기 위해서는 세상이라는 요소를 중요시했으며, 이 세상을 어린이에게 글을 읽는 법을 가르치기 위한 학교로 비유했다. 또한 인간의 마음은 어린이에게 글을 가르치기 위한 교과서이며, 영혼은 읽는 법을 배워서 읽을 줄 아는 어린이, 즉 영혼의 세상이라는 학교와 인간의 마음이라는 교과서를 통해서 책을 읽을 수 있게 된 어린이를 말하는 것이다. 이것은 키츠 시에서 반복적으로 나타나는 교훈적인 요소로 지상에 속한 인간이 진실로 지상적인 것을 떠나 천상을 향할 수 없을 뿐 아니라, 지상적인 고통을 간내한 후에 천상의 영역에 도달할 수 있다는 것이다. 키츠는 이 '고통과 곤경의 세상'에서 지성을 훈련시켜 영혼을 형성하여 궁극적으로 자아를 완성하여 구원을 얻게 되는 것이라고 그의 편지에서 다음과 같이 썼다.

Do you not see how necessary a World of pains and troubles is to school an Intelligence and make a soul? A place where the heart must feel and suffer in a thousand diverse ways! Not merely the heart Hornbook, It is the Mind experience, it is the teat from which the Mind or Intelligence sucks its identity — As various as the lives of Men are — so various become their soul, and thus does God make individual beings, souls, Identical souls of sparks of his own essence.

고통과 곤경의 세상이 지성을 훈련하고 영혼을 형성하는 데 얼마나 필요한 것인지를 너는 잘 알지? 마음이 천 가지의 다양한 상태에서 느끼고 경험하는 곳! 그것은 정신과 지성이 그 주체성을 얻어 내야 하는 유두와 같은 것이지. 인간들의 삶이 다양하듯이 그들의 영혼 또한 다양하게 되는 것이야. 그렇게 신은 개개인들을, 영혼들을, 자신의 본질의 불꽃인 것과 영혼들을 만드는 것이지.
(Letters, Ⅱ. 102 ~ 103).

낭만주의 시인들은 인간이 'divine form'으로 다시 회복하기 위한 요소로 상상력을 꼽고 있다. 키츠 또한 당시 낭만주의 사조의 영향으로 인간과 신과의 관계에서 초자연적인 힘을 빌려 신성을 얻게 되는 것이 아니라 상상력의 힘에 의해 인간 내면에 잠재된 신성을 일깨워 신격화하려는 경향이 있었다. 즉 그것은 정통적인 교리를 무조건적으로 받아들이지 않으면서도 종교적인 사상을 전면 삭제하거나 다른 것으로 대체하는 것이 아니라 세속적인 전제를 기반으로 하나의 구성요소로 동화시키고 재해석하는 과정이 주류를 이뤘다. 말하자면 신에 대한 관심이 엷어지면서 인간의 잠재력을 새롭게 인식하여 인간 자신이 사고의 중심이 되었다는 것이다. 키츠는 기독교를 '방편상의 사기(Pious Frauds of Religion)'라고 말하면서 종교에 대해서는 내세를 기약하면서 현실을 '눈물의 골짜기(a Vale of Tears)'로 만들어 버렸다고 보았다(Letters, Ⅱ. 101). 이러한 낭만주의 사고에 대해 어네스트 퍼데트(Ernest Charles Pettet)는 다음과 같이 말한다.

> The first and foremost article of romantic creed was the affirmation of a god like 'I' that makes the poetic world and that, in creating poetry, creates itself.
>
> 낭만주의 사조의 가장 맨 먼저 오는 사항은 시적인 세계를 만드는 신과 같은 '나'에 대한 확언이다. 그것은 시를 씀에 있어 시 자체를 창조하는 것과 같은 것이다(27).

키츠와 같은 시대에 속하는 시인 워즈워스는 장엄하고 신비적인 그 자체로 불변하는 존재로 자연을 바라보고, 불멸의 힘을 지닌 <치유>하는 능력을 가진 자연에 대한 인간의 사랑을 회복하고 또 천상세계에서 가장 가까이 있었던 어린 시절을 회상하는 것에 의하여 잃어버린 신성을 회복할 수 있다고 생각했다. 또한 워즈워스는 'pre-existence'의 세계가 존재했음을 가설로 정해 놓고, 그 세계에서 인간은 완전한 신이었으나 이 세상에서 성장함에 따라 타락하여 인간 내면의 신성도 사라져 간다고 생각했다.

반면에 키츠는 순간적으로 변화하는 자연을 그리고 있으며 자연의 변화는 미의 대상들을 통해서 합일(oneness)을 이루고, 인간에게 위안과 행복을 줄 수 있는 것으로 "자연적인 것, 시적인 것 그리고 종교적인 것으로 분류했으며 모두가 공통점을 가지고 있다"(Ronald, 30)라고 할 수 있다. 또한 키츠는 자신의 편지에서도 잘 드러나 있듯이, "우리가 지상에서 행복하다고 부르는 것을 좀 더 고상한 상태에서 반복함으로써 내세를 즐길 수 있을 것"(Letters, 185)이라고 하면서 기독교의 이념처럼 고통이 사후에 보상될 것이라는 가정은 정당화되지 않으며 오히려 현생 자체 내에서 보상이 되도록 해야 된다고 믿었다. 그는 다른 사람들의 삶이 고통 속에서도 좌절하지 않는 힘을 줄 수 있는 새로운 희망의 대상을 찾으려고 노력했다. 그는 자신만의 독특한 시적 상상력의 산물인 시를 통해 노래하는 것을 최고의 기쁨으로 생각했다.

이처럼 *Endymion, The First Hyperion, The Eve of St. Agnes* 등은 신화와 전설을 배경으로 삼고 있는 작품이며, 키츠는 이 시들에서 자연적인 세계와 초자연적인 세계를 분리시키지 않고 있다. 즉 *Endymion*에서는 쾌락의 요소가 지배적으로 나타나지만 그것이 단순한 쾌락이 아니라 쓰라림과 고뇌가 섞인 쾌락의 세계임을 제시한다. *The First Hyperion*은 추상적인 환상으로 그치기는 했지만, 인간의 고통과 시련이라는 경험이 오히려 현실세계의 부산물이라는 것을 말하려는 시도이다. **"The Eve of St. Agnes"**에서는, 그가 환상적인 분위기와 현실적인 세부묘사와의 균형을 유지하면서, 폭풍 같은 시련이 얽힌 현실세계와 직면하고 있는 그의 정신세계를 보여 준다.

이 장에서는 이렇듯 키츠가 갈등과 혼란을 겪으면서 현실에 대해 나름대로 자각하게 됨을 살펴보고자 한다.

*Sleep and Poetry*는 키츠의 초기 시들 중 가장 정리되어 있어 그 당시 시인의 미학적인 신조를 엿볼 수 있게 해 주는 작품이다. 이 시가 지니는 더욱 중요한 점은 이 시에 나타나는 키츠의 시에 대한 생각이 그것에 대한 단순한 함축적 정의가 아니라 시에 있어서의 다양한 가능성들에 대한 비전을 제시하고 있다는 점이다. 이 시는 키츠가 초기부터 인생이 지니는 덧없음과 한계성을 나름대로 느끼고 있었음을 암시한다.

> Stop and consider! Life is but a day;
> A fragile dew-drop on its perilous way
> From a tree's summit;
>
> 멈추어 생각해 보라! 인생은 한낱 하루에 불과하다;
> 위험스러운 길 위의 부서질 듯한 이슬방울
> 나무 꼭대기로부터;
> (Sleep and Poetry, 85~87)

부서질 듯한 이슬방울이 바로 인생이라는 비유의 표현에서, 우리는 키츠가 인생의 무상함을 감지하는 눈을 떴음을 알 수 있다. 키츠는 때때로 자연에 대하여 단순한 찬미와 환희에 젖어서 눈에 보이는 감각적인 아름다움을 추구하는 것에 치중하기도 했는데, 이제는 그 것만이 전부가 아니라 이 세상 모든 것이 아름다운 채로 지속되지 못하고 변화한다는 사실을 깨닫게 된다.

시인의 인간 삶에 관한 생각뿐만 아니라, 시에 대한 생각도 이 시에서 뿌리내리기 시작한다. 시 서두에서 제시하고 있듯이, 키츠에게 있어 시를 쓴다는 것은, 자신의 영혼이 스스로에게 명했던 행위이다.

> Oh, for ten years, that I may overwhelm
> Myself in poesy; so I may do the deed
> That my own soul has to itself decreed.
>
> 아, 10년 동안, 나는 시 속에 나 자신을
> 압도당하게 했을지도 모르겠다; 그래서 나는 해냈을지도 모른다
> 나의 영혼이 신조로 삼고 있는 그것을
> (Sleep and Poetry, 96~98).

또 시가 시인과 대단히 밀접한 관계를 맺고 있다는 사실은 1817 년 4월 18일 그가 레이놀즈(Reynolds)에게 보낸 편지의 "나는 시 없이는 내가 존재할 수 없음을 알게 되었다"라는 구절에서 확인할 수 있다.

*Sleep and Poetry*를 기점으로 하여 그는 이상과 현실의 갈등 속에서 사고가 배제된 쾌락적이고 감각적인 이상적 세계(Ideal World)에서 달콤한 맛을 만끽하던 상태를 떨쳐 버리려고 노력한다.

> First the realm I'll pass
> of Flora and old Pan:

먼저 나는 통과할 것이다
봄의 여신과 옛 목신의 영역을:
(Sleep and Poetry, 101~102)

봄의 여신(Flora)과 옛 목신(old Pan)의 영역은 곧 사고가 깃들어 있지 않은 환희의 세계이다(Ward and Waller, 88). 이 영역에 머물러 있을 때의 광경이 전개되는데, 요정 셋이 등장하여 시인을 유혹하여 끌고 간다. 그 끌고 가는 장소가 '나뭇잎이 무성한 세계(a leafy world)'(Sleep and Poetry, 119)이다. 이곳은 일상생활의 걱정과 근심으로부터 멀리 격리되어 있으며 바로 키츠가 추구해 오던 이상적 세계이다. 이 시점에서 시인은 멈추어 서서 "내가 이러한 기쁨을 영영 작별할 수 있을까(can I ever bid these joys farewell?)"(Sleep and Poetry, 122)라고 반문한다. 이에 대한 대답이 그의 시적 주제의 근간이 된다.

Yes, I must pass them for a nobler life,
Where I may find the agonies, the strife
Of human hearts —

그렇다, 나는 보다 고귀한 삶을 위해 그것을 통과해야 한다.
그곳에서 나는 아마도 고통을 찾을 수 있을지도 모른다.
인간 영혼들의 분쟁을 —
(Sleep and Poetry, 123~125)

한두 사람 정도의 논평가들이 위 구절에 대해 키츠가 '시적 드라마(poetic drama)'를 쓰려 했던 자신의 야심을 언급한 것이라고 말한다. 그러나 여기에서 중요하게 다루어져야 할 점은 그 어떤 사실보다도 키츠가 자신이 말해 왔던 바의 '작시법(poesy)'을 초월하여 보다 월등한 시를 쓰겠다는 생각을 명백하게 제시하고 있다는 점이다. 즉 '상상(imagining)'에 대한 시가 아니라 인간 삶에 관한 시, 우리가 삶 속에서 경험하는 분쟁들, 갈등들 그리고 고통들을 그의 시 속에 내포시키고자 한다는 점이다. 키츠는 이렇듯 기쁨과 즐거움, 쾌락(luxury)을 제시하는 소재로만 가득찬 시를 쓰기보다는 인생의 고통과 짐에 대한 자각을 전해야만 한다는 점을 인식하고 있다. 이러한 그의 인식에 대해 메이헤드도 '인간 가슴속의 고통과 갈등'이 키츠 자신이 좌절과 갈등 속에서 구체화될 것이며, 그가 존재하는 현실과도 밀접한 관련을 가지게 되어, 그가 그러한 것들로부터 주요한 시들을 창출해 낼 것이라고 설명한다(25). 또한 머리의 다음과 같은 지적도 이에 관한 것이다.

The great human purpose, which was hence forward for ever Keats's mind, was the writing of great poetry : and poetry to be great, had to comprehend and be adequate to the pain and suffering of the world.

위대한 인간의 목적, 키츠의 마음이 항상 향해 있던 그것은, 위대한 시를 써내는 일이었다: 위대한 시란, 세상의 고통과 좌절을 적절하게 이해하고 우려해야 했다(Murry, 68).

이와 같이 키츠는 이 세상의 시련과 고통을 함축하는 것이 시가 가질 수 있는 가장 큰 주제라고 생각하고 있었다.

······**the great end**
Of Poesy, that it should be a friend

To soothe the cares and lift the thoughts of man.

시를 쓰는 일의
위대한 목적, 그것이 인간의 근심을 위로해 주고
인간의 사고를 고양시켜야 한다는 것이다.
(Sleep and Poetry, 245~247)

이렇듯 그는 시인으로서 그의 계획을 초기 시인 *Sleep and Poetry*
에서 나름대로 구성해 놓고 있다. 키츠는 습작 시기를 마무리 짓는
자기의 신념의 고백이라 할 수 있는 이 시("인간 자신의 미래의 노
래에 대한 서막이자 예고"(**a noble prelude and forecast of his own
future song**)(**Ward and Waller, 88**)에서, 앞으로 자신의 작품 속에
서 현실의 고뇌와 역경으로부터 벗어나기 위해 쾌락과 환희에 찬 환
상적 이상세계를 그리기보다는, 인간 마음의 고통과 투쟁이 뒤섞인
현실세계와 직면하여 이것들을 치유하고 극복하려는 움직임을 그리
겠다는 의지를 보여 주고 있다.

그러나 그 이후 시작들에서 키츠는 퇴보하는 듯한 혼란스러운 모
습을 보인다. 그가 자신의 능력을 시험하기 위해 지었다는 작품이
Endymion[6)]이다. 그는 이 작품을 1818년 1월 30일 타일러에게 보낸
편지에서, "이 작품에서의 나의 주요한 시도는 - 기쁨과 슬픔이라는
두 다른 본질의 유희(**My first step towards the chief attempt in
the Drama - the playing of different Natures with Joy and**

---

6) 키츠는 초기 시의 대표작들인 *Endymion, The First Hyperion*, "The Eve of St. Agnes"
   등은 각각이 상당한 영향력을 지닌 시작들로 적잖은 사람들에 의해 연구되어 왔다. 그러나 필
   자는 키츠의 시를 연구하는 거의 대부분의 비평가들이 1819년의 그의 'Great Odes'을 거의
   완벽한 걸작으로 설명하는 입장에 동의하며, 그래서 Odes 이전까지의 작품들을 아직은 완전
   한 성숙에는 이르지 못한 그의 시 세계를 반영하고 있는 것으로 보고, 그 과정을 갈등과 혼란
   의 상태로 설명하고자 함을 밝혀 둔다.

Sorrow)"라고 설명한다. 이것은 대체로 미성숙한 단계를 벗어나지 못한 것으로 평가되는데, 그 이유는 아직도 그가 쾌락에 대한 탐닉에서 완전히 벗어나지 못하고 '꽃의 여신과 목신의 영역'에 머물러 있다는 느낌을 주기 때문이다. 또한 키츠 자신조차 *Endymion*의 서문에서, 자신의 표현 기교와 감정의 보편적 상태에 대해 불만족스러워하고 있다. 휴(Hough)도 *Endymion*이 '흥분과 미완결의 기교적 흔적들(the technical signs of the ferment and indecision)'로 이루어져 있는 장시라고 말한다.(164) *Endymion*이 이렇듯 그 구조에 있어 정교함과 치밀성이 상당히 결여되어 있다고 말하는 여러 비평가들의 주장에도 불구하고, 초기 시들에서 이 시가 차지하는 비중은 상당하다. 그것은 이 시가 "키츠의 주요한 생각의 원천이며, 그래서 상당한 비평가들이 이 시에서 그의 원숙한 시에서 나타나는 사상의 원형을 끊임없이 찾고 있다."(Bush, 45)

A thing of beauty is a Joy for ever:
Its loveliness increases; it will never
Pass into nothingness, but still will keep
A bower quiet for us, and a sleep
Full of sweet dreams, and health, and quiet breathing.

아름다운 것은 영원한 기쁨이다:
그것의 사랑스러움은 증가해 간다; 그것은 결코
하찮은 것이 아니며, 항상 우리에게
조용한 휴식의 공간으로 남아 있을 것이다. 달콤한 꿈의
단잠, 건강함 그리고 고요한 호흡을 내쉴 수 있는 곳.
(Endymion, 1~5)

'아름다운 것(A thing of beauty)'은 달콤한 꿈을 수반하며 환상적인 '휴식 공간(bower)'를 제공해 주는 것으로 묘사된다. 그러한 것 속에는 어떠한 고통과 쓰라림도 포함되어 있지 않다. *Sleep and Poetry*에서는 '인간의 좌절과 고통'을 찾아볼 수가 없다.

*Endymion*을 쓸 당시에는 키츠에게 아직 고통과 시련이 그리 혹독하게 닥쳐오지 않은 시기였다(Murry, 74). 키츠 스스로도 *Endymion*에 대해 "이 작품에는 인생의 부족한 경험과 지식의 단순함이 드러나 있다(There is too much inexperience of life and simplicity of knowledge in it)"(Hough, 166)라고 말하고 있다.

그러나 *Endymion*이 초기 시의 일반적인 분위기와 다른 점은 시인이 이 시에서 환상과 인간 현실을 결합하고자 시도한다는 점이다. *Endymion*은 인간적인 사랑을 통해 영원한 존재의 사랑을 추구하면서 쾌락을 얻으려고 하지만, 더 이상 환희에만 젖어 있지 않은 이 세상(real world)을 볼 수 있도록 의식 속에서 깨어나고 있다. *Endymion*은 비로소 꿈에 젖어 있는 환상과 거기에서 깨어난 현실 사이에서 긴장을 느끼게 되며, 행복과 환희가 고통과 두려움과 함께 공존한다는 사실을 알게 된다.

특히 인간으로 변한 Indian Maiden의 '슬픔의 노래(Song of Sorrow)'에서는 고통과 슬픔의 의미가 부각되는데, '슬픔은 그다지도 변함없는 것이며 다정한 것'(she (sorrow) is so constant to me and so kind.(Endymion, Ⅳ. 178))이라고 노래하는 그녀의 말 속에는 우리는 시인이 아름다움을 경험하는 데 필요할 뿐만 아니라 영혼을 완성시키는 데 필요한 고통과 슬픔의 본질을 이해하기 시작하게 되었음을 알 수 있다. 이러한 점은 *Ode on Melancholy*의 주제의 전조가 되는 죽음과 '인생의 밑그림(draughts of life)'의 양면을 제시한다. 이 작품에서 시인이 궁극적으로 추구한 것은 '일종의 통합성(a sort of oneness)'인데, 이것은 서로 긴장과 대립을 이루고 있는 상반되는 것들이 조화와 균형을 이루어 통합된다는 의미로 해석될 수도 있겠다.

이와 같이 *Endymion*에서 이끄는 결론은 이상적인 여인과 현실의 여인의 융합을 통한 운명과 불멸, 이상과 현실 사이의 균형 및 조화, 궁극적으로 결합에 있는 것으로, 이것들은 조화로운 모습으로 인간의 삶 속에 투영되이 있으며, 따로 떨이져 인긴에게 힌쪽민을 지향하도록 요구되지는 않는다(Sperry, 112). 현실세계에서 이러한 조화로움을 받아들이는 것이야말로 키츠가 말하는 바의 진정한 의미에서 현실을 수용하는 것을 말하는 것으로, 이것은 계속 발전되어 후에 *Great Odes*에서 완성된다.

*Endymion*은 다른 사람이 겪는 고통을 돌아보고 공감할 만큼 성숙하게 되며 그의 연인을 찾아 헤매면서 정신적으로도 점점 성장하게 된다. 엔디미온이 겪게 되는 '정적의 동굴(Cave of Quietude)'에서의 경험은 더 이상 쾌락과 환희에 젖어 있는 이상적인 휴식의 장소가 아니라 세상의 실체를 파악하게 하는 곳이며 자신의 영혼을 성장시키기 위한 고통의 장이다. 즉 이곳은 그의 시에서 자주 제시되는 도피처와는 조금 다른 곳으로 '인간을 세상으로 복귀시키는 재생(a renewal which aims to restore us to the world)'(Dickstein, 52)의 장이다. 이렇듯 그는 죽음이라는 인간 조건을 인식하게 한다. 이에 대해 더글러스 부시(Douglas Bush)는 "그러한 전체적 순례의 과정이 엔디미온으로 하여금 전적으로 환상적인 이상주의로부터 고개를

돌려, 인간 삶이 이루어지고 있는 현실세계를 결코 부인하지 않고 받아들이도록 이끌었다"(18)고 말한다. 엔디미온이 슬기롭게 터득하게 된 지식은 키츠가 이 세상에서의 경험을 매우 중요하게 취급하여 Odes에서 그것을 현실을 진정으로 수용하기 위한 필수 불가결한 요소로 받아들이게 하고 있다.

*Endymion*을 완성하고 *Hyperion*을 착수하기까지의 6개월간은 키츠가 상상력이나 시의 기술적인 면에서뿐만 아니라 지적인 범위와 활력 그리고 도덕적 파악에 이르기까지 놀랍게도 빠르게 성장한 시기였다. 키츠는 자신이 추종해 오던 것에 대하여 불만을 품게 되고, 철학의 필요성을 절감하게 된다. 그는 동생의 병고를 바라보면서 인간의 필멸성을 관망해 볼 수 있는 시각을 얻었고, 그러한 시련이나 고통에 의해 훈련된 의식은 키츠로 하여금 현실이란 그가 시작 속에서 끊임없이 추구하던 쾌락과 기쁨뿐만 아니라 고통과 슬픔이 공존하고 있다는 것을 깨닫게 했다.

톰(Tom)의 죽음이 그를 고통스럽게 하던 이 시기에 키츠는 레이놀즈에게 보낸 편지에서 세상이 삶의 온갖 '비애와 고통, 병과 압박(misery and heartbreak, pain, sickness and oppression)' 등으로 가득 차 있다고 말한다. 그는 그러한 고통에 찬 현실로부터 사물의 감각적인 아름다움을 통해 이상세계를 추구하던 취향에다 작별을 고하고 이 세상의 시련과 고통을 정면으로 마주 보게 된다. 머리는 이때를 "키츠가 이 세상에서의 온갖 고통, 불행 등을 피부로 느꼈던 때"(74)라고 말한다.

그러나 키츠는 동생의 죽음을 바라보면서 느끼는 말할 수 없이 큰 고통과 괴로운 현실 속에서 그러한 것으로부터 무수히 도피하려 했고 극복하려 했다. 특히 그는 이상적인 시 창조의 세계에서 인생의 고통으로부터 도피할 수 있는 피난처를 찾으려 했다. 이때에 쓰인 작품이 *Hyperion*이다. 그는 1818년 7월에 다시 그 시에 착수한다. 그리하여 첫째 작품을 *The First Hyperion*이라고 하며 후에 작성된 미완성 작품을 *The Second Hyperion*이라고 부른다. 이 두 편의 시를 별개의 것으로 보기도 하지만 비평가들의 견해는 두 작품이 동일한 내용을 다루고 있다는 것에 일치하고 있는 듯하다.

*The First Hyperion*은 하이페리언의 이야기라기보다는 아폴로 (Apollo)에 관한 이야기이다. 아폴로는 시인이며 신성을 가진 음악가이다. 그는 신성을 갖고 있으면서 동시에 인간의 쓰라림과 고통을 계속 지니며 괴로움을 실제로 겪는다. 즉 그는 이상적인 요소와 현실적 요소를 둘 다 지닌 인물로, 시 본문에서 '삶 속의 죽음(Die into life)'(Hyperion, Ⅲ. 130)이라는 표현이 아폴로를 위해 쓰이고 있는데 이것은 아폴로가 지상에서 삶을 위해 죽고 그의 시적인 위력에 의해 다시 태어나게 됨을 의미한다. 이 시에서 키츠는 그 자신으로 상징되는 아폴로의 성숙과 그가 불멸의 명성을 얻기까지의 과정을 통해 이 세상의 아름다움은 모든 사물과 동일하게 고통과 무상함을 공유하고 있다는 것을 깨닫고 있다. 동시에 그 시는 고통과 시련은 불행한 것으로 그치는 것이 아니라 본질적인 아름다움을 창조해 내는 데 절대적으로 필요한 것이라는 주제를 던져 준다. 앞에서도 언급했지만 이 시는 키츠가 마음의 내부에서 심한 갈등을 느끼면서 그 상황으로부터 피할 곳을 찾다가 시라는 상상의 세계에서 도피처를 발견해 내고 위안을 얻으려 한 작품이다. 그러나 추상적이라는 이 시의 단점과 함께, 키츠가 자신의 화신인 아폴로를 구체적으로 표현

하기 위해서는 그의 처지를 실제적인 방향으로 옮겨 가야만 하기 때문에, 이 시는 더 이상 지속될 수 없고 끝이 날 수밖에 없었다.

이 시는 추상적인 환상으로 그치기는 하지만 인간의 고통과 시련이라는 경험이 오히려 현실세계의 필수적 부산물이라는 것을 말해주려는 것이며, 키츠는 그러한 세상의 고통을 거부하지 않고 받아들이려 한다. 해럴드 블룸(Harold Bloom)은 "죽음은 미의 어머니이며, 그러한 유한함은 인간의 위대함 혹은 인간 예술의 힘을 위한 필연적 조건(death is the mother of beauty, that mortality is the necessary condition for human greatness or the power of human art)"(399)이라는 생각을 이 시가 제시한다고 말한다. 이러한 죽음과 인간의 필멸성의 문제 역시 후에 나올 *Great Odes*에서 그가 진정으로 현실을 수용하는 과정에서 다루어지게 될 부분이다. 특히 *Hyperion*에서 비극적인 면이 대두된 것은 *Odes*에서 시인이 현실에 공존하는 삶의 상반된 특질들을 조화롭게 수용하기 위해 모색하고 있는 과정이라고 해석할 수도 있겠다. *Hyperion*을 통해 보이는 키츠의 시 발전에 대해 E. C. Pettet는 다음과 같이 결론짓고 있다.

The first Hyperion fits exactly into Keat's vision of his poetic development, for it is an imaginative brooding over the agonies, the strifes, of hearts that are human rather than Olympian.

퍼스트 하이페리언이라는 이 작품은 키츠의 시적 발전에 대한 비전에 정확히 들어맞는 작품이다. 왜냐하면 이것은 올림피아적인 것보다는 오히려 인간의 가슴속에서의 고뇌와 갈등에 대한 시인의 상상력 넘치는 심사숙고이기 때문이다(130).

동생 톰이 1818년 12월 1일에 죽고, 그때를 전후하여 키츠의 마음속에는 심적 괴로움도 더해 갔다. 이때에 등장한 인물이 어린 패니 브론이다. *The First Hyperion*이 톰의 죽음에 의해 영감을 받고 채색된 작품이라면, 패니 브론에 대한 정열적이고 감각적인 사랑에 의해 열린 열매가 *The Eve of St. Agnes*이다.

"세인트 아그네스의 전야"의 기본을 이루는 기법은 대조와 병렬이다. 그 시에는 밖의 맹렬한 추위와 실내의 따뜻함, 기독교적인 면과 세속적이며 심지어 이교도적인 면의 대조 또 늙음과 젊음의 대조 등 전체적으로 육체적인 면과 정신적인 면의 대조와 긴장이 깔려 있다.

마들린(Madeline)이 거하는 실내는 따뜻하고 꿈과 같은 분위기기 흐르며, 포피로(Porphyro)의 출현과 그와의 사랑의 장면은 환상이나 꿈같은 비현실적인 분위기를 보여 준다. 반면 성 밖의 추위는 고통과 시련으로 가득 찬 현실세계를 상징한다. 이러한 상황에서 마들린이 꿈을 꾸는 상태가 아그네스데이 전야라는 신비한 분위기를 배경으로 제시된다. 시간이 흐르는 자연의 세계, 즉 행복과 고통, 성장과 부패가 뒤섞인 세계로부터 그러한 세계가 침입당하지 않는다면, 그녀는 *Ode on a Grecian Urn*에서 나오는 항아리 위에 새겨진 불멸의 연인들과 같이 생명이 없는 존재로 있게 될 것이다.

그러나 마들린과 포피로는 사랑의 결합을 한 후, 폭풍 속으로 도망을 간다. 엔디미온은 '하늘로 올려진(Ensky'd)'(Endymion, Ⅳ. 772) 상태로 있지만 이 작품의 연인들은 지상에 기반을 둔 현실로 되돌아온다. 그리고 인간의 복합적이고 덧없는 인생에 대한 '영원한 비애(eternal woe)'(The Eve of St, Agnes, 314)에 잠기게 된다. 즉 연인들의 도주는 모든 것이 최상의 것으로 꾸며진 미신적인 세계를 거부하고, 불길한 조짐을 품고 폭풍우 속에 휘감겨 있는 현실이라는 새로운 세계로 진출하는 것을 뜻한다.

이 작품에서 키츠는 환상적인 분위기와 현실적인 세부묘사와의 균형을 유지하면서, 폭풍 같은 시련이 얽힌 현실세계와 직면하는 그의 정신세계를 보여 준다. 베이트(Bate)는 이 시가 다음과 같은 키츠의 전형적인 사고를 제시해 준다고 말한다.

> One relatively simple but recurring thought of Keats which is to become more prominent in the poetry of 1819: a dream‑like innocence‑cannot be lived in the world without being violated: and yet whatever is lost, actual happiness is impossible without an awakening from dream to reality.
>
> 키츠의 상대적으로 명쾌하면서도 계속되어 온 생각은 1819년 그의 시에 뚜렷하게 들어난다: 꿈‑순수함과 같은 것은‑깨지지 않고서는 이 세상에 존재할 수 없다: 무엇을 상실하든 간에, 실질적 행복은 꿈으로부터 현실로 깨어나지 않고서는 불가능한 것이다(446).

허스트(Hirst)도 이 시를 엔디미온과 비교하면서 "이 시는 환상에서 깨어난 상태를 제시하는 것으로, 여기에서 시인의 노력이 우리로 하여금 상상력이라고 하는 것이 *Ode to a Nightingale*에서 그가 말하는 바의 '속이는 요정(deceiving elf)'에 불과하다는 사실을 상기시킨다"(110)고 설명한다. 이러한 *The Eve of St. Agnes*는 메이헤드의 지적대로 이 이전의 작품들과 비교할 때, 그것들만큼은 결점을 지니지 않은 더욱 나아진 작품이지만, 키츠의 최고의 걸작인 **Odes**의 수준에는 이르지 못한 작품이다(47).

이상과 같이 키츠의 습작 시기 중 초기에서부터 *Great Odes*가 나오기 전까지의 대표적 작품들을 통해 갈등과 혼란의 상태를 거치는 그의 시 세계를 살펴보았다. 여기에서 키츠가 생각해 왔던 점을 정리해 보면, 키츠는 항상 현실에 존재하는 사물에서 눈을 떼지 않았으며, 이러한 감각적인 경험이 초기에는 시인으로 하여금 현실로부터의 탈출을 위해 단순한 아름다움을 통한 환상적, 이상적 세계를 추구하도록 한다. 그러나 그는 인생의 극심한 고통과 비애를 느끼면서 현실세계에 존재하는 삶의 양면성을 깊이 인식하게 되며, 삶에 있어서의 무상함과 한계성이 오히려 값지고 귀중한 것임을 이해하게 된다. 삶의 양면성에 대한 그의 자각과 삶의 상반된 특질들을 조화롭고 균형 있게 유지하려는 그이 노력이 지속되어, 마친내 Odes에서 그는 진정한 의미에서 현실을 수용하게 된다.

*Sleep and Poetry*에서 키츠가 목표했던 미래에 대한 계획과 의지는, 현실세계로 되돌아오는 시적 구조를 역시 근간으로 하는 초기 시의 대표작들 *Endymion, The First Hyperion, The Eve of St. Agnes* 등을 거치면서 부분적으로는 퇴보하는 듯한 갈등과 혼란의 상태를 거치나, 결국 이것은 그가 현실에 대해 나름대로 자각하게 되었음을 제시한다. 그러나 초기 시에서는 그가 아직도 무아를 지향하는 사색가로서의 객관성과 논리성을 이루지 못했음을 알 수 있다.

Ⅲ. 사색가로서의 성숙: 1819년의 Great Odes

'기적의 해'(annus mirabilis)라고 불리는 1819년 키츠는 경이로운 정도의 정신적, 시적 성장을 한다. 그해 봄부터 가을에 걸쳐 쓰인 송시는 그가 습작기를 완전히 벗어나 성숙한 경지에 이르렀음을 잘 보여 주는 작품이다. 스페리(Sperry)는 키츠의 가장 중요한 업적이 이 송시에서 이루어지고 있다고 하면서 이 작품들을 영국 낭만주의 문학의 중심으로까지 보았다(242). 머리(Murry)는 키츠의 송시에 대하여 "그가 정신적인 삶의 승리를 이루었을 때 쓴 작품들"(128)이라고 말한다. 시몬스(Symons)는 키츠의 대표 시로 손꼽히는 "프시케의 노래", "나이팅게일의 노래", "그리스 항아리의 노래", "우울함에 대한 노래" 등을 지적하여, "셰익스피어의 완성도 높은 작품을 제외하고는 영국문학사에서 그 어디에도 견줄 수 없는 훌륭한 작품이다"(143)라고 논한 적이 있다. 이는 키츠의 송시를 셰익스피어의 걸작에 버금하는 작품으로 간주한 것으로, 주목을 끌기도 했다. 이러한 5편의 송시들, 즉 5월에 발표된 "푸시케의 노래", "나이팅게일의 노래", "그리스 항아리의 노래", "우울함의 노래"를 비롯하여 9월에 발표된

"가을에게"에 이르기까지 '일련의 심화되어 가는 사고의 표현'(Waldoff, 100)이라 불리는 시들이 탄생하였다. 포글(Richard Harter Fogle)은 또한 이 시기의 키츠의 시의 발전에 대해 다음과 같이 말한다.

> The mature poetry of Keats, written mainly in late 1818 and in 1819, is soberer, more complex, and more completely fused than his earlier verse. It makes use of balance, contrast, and irony, but so perfectly and so unobtrusively that is artistry is difficult to analyze.
>
> 1818년과 1819년 후반에 주로 쓰인 키츠의 성숙한 시들은 초기의 시작들에 비해 보다 침착하고 복잡하며, 보다 완벽하게 녹아져 있다. 균형, 대조, 아이러니가 적절하게 사용되고 있으며, 예술적인 면이 너무나 완벽하고 지나치지 않게 사용되어 있어 분석하기 힘들 정도이다(x v).

이 시기에 시인은 또한 패니 브론에 대한 강렬한 사랑의 동경과 육체적 쇠약, 경제적 곤궁함, 동생 톰의 죽음 등 정신적, 경제적 혼란 상태로 고통을 받고 있었다. 따라서 세상을 바라보는 그의 시각 또한 비관적일 수밖에 없었다. 그러나 이러한 고통스러운 비애적 상황하에서도 키츠는 단지 이상으로 향하는 정신적 시도에만 머물러 있었던 것은 아니었다. 오히려 상상력(the power of imagination)의 발휘와 더불어 현실의 올바른 이해와 수용을 지향함으로써, 송시에 이르러 그의 그러한 노력의 결과가 극치에 달했음을 보여 준다. 즉 송시들에서 키츠는 정신적으로 침잠된 가운데 자연에 대한 애착, 시간 및 공간적으로 먼 것에 대한 동경, 자기 자신의 사상에 대한 정열 그리고 초자연적인 것들에 대한 환상과 같이 다양한 면을 묘사했다. 그러나 이 다양한 주제들의 핵심에는 현실 속에서 삶의 기쁨과 가능성을 얻으려고 노력한 키츠의 정신적 삶이 공통적으로 내포되어 있다.

이 장에서는 1819년의 송시를 통해 폭넓고, 깊이 있는 사고력을 지닌 키츠가 고통, 절망 그리고 불확실성으로 가득 찬 현실세계를 거부하지 않고 받아들이기까지의 그의 내적 성숙과정을 살펴보고자 한다.

1. 낭만주의적 현실도피자 키츠

이렇듯 그가 낭만주의 시인으로 미의 사도이며 현실도피자 내지는 사랑만을 노래한 이상주의자로 낙인찍히게 된 배경에는 레이 헌트 (Leigh Hunt) 계열의 개혁주의적인 성향을 가진 젊은 시인이었다는 것도 한몫을 하고 있다. 그러나 '낭만적(romantic)'이라는 말에서 알 수 있듯이 낭만주의 시인들에게서 느끼는 일반적인 것은 그들이 정치 또는 사회적 상황들에 무관심하고 개인적 감정이나 자연의 아름다움에 몰입한 시인들이라는 점이다. 키츠의 초기 시들이 현실을 떠나 상상적 도피를 추구하고 있는 것은 그가 동시대의 다른 시인들에 비해 어린 시절부터 많은 어려움을 겪었고, 그러한 고뇌에서 벗어나고자 현실도피의 수단으로 상상력의 힘을 빌려 초자연적이고 환상적인 세계를 시적으로 표현하려고 노력했기 때문이다. 키츠의 이러한 면을 울프 허스트는 다른 낭만주의 시인들과 비교하여 말한다.

The scape Byron tries to find in oblivion, and other Romantics, especially Wordsworth, in nature, Keats seeks in the realms of imagination and art.

바이런은 망각을 통해서 그리고 낭만주의 시인들, 특히 워즈워스는 자연에서, 키츠는 상상력과 예술의 영역에서 도피를 구한다(157).

키츠는 그 당시 전통적인 가치가 붕괴되고 새로운 가치가 자리를 잡는 혼돈과 불안이 팽배한 사회의 전반적인 변화의 소용돌이 속에서 새로운 가치와 인간의 삶에 대한 비전(vision)을 제시하려고 노력했다. 그리고 그는 상상력을 다음과 같이 정의했다.

The imagination may be compared to Adam's dream – he awoke and found it truth.

상상력은 아담의 꿈에 비유할 수 있다. 아담은 꿈에서 깨자, 꿈이 사실임을 알게 된다.
(Hyder, Ⅹ. 67)

'아담의 꿈'이 의미하는 것처럼, 그의 많은 시에서 이상적 세계와 현실세계에 대한 구분이 모호할 뿐 아니라, 두 세계가 동일시될 때가 많다. 시인이 진리를 발견하는 순간도 꿈(Dreaming)과 깨어남(Waking)이 교차하는 상황이라 할 수 있다. 여기서 키츠가 말하는 상상력이란 마음을 비운 상태인 무념, 무상의 상태에서만 가능하고 무아의 상태에서만 가능한 것7)이다.

낭만주의 시인들은 인간이 '신성한 형태(divine form)'로 다시 회복되기 위한 가장 중요한 요소가 '상상력'이라고 꼽고 있다. 그들은 이 세상을 도피하거나 극복하려는 충동과 움직임이 있었지만, 대부분 인간의 고통과 타락의 근본 원인이 마음에 있는 신성의 상실이라고 여겨 신성의 회복을 외치고 인간의 신격화를 강조했다. 이러한

---

7) 이정호, 『영시 새로 읽기』, 키츠의 마음비우기 시학과 작가의 죽음, 서울대학교 출판부, 1998, p.6.

회의적인 태도는 낭만주의의 주요한 특질 중의 하나로 자리 잡아 갔으며, 시인마다 다양한 형식으로 전개되었다.

키츠는 어린 시절의 불행했던 일련의 사건들을 통해서 세상에 대한 매우 회의적인 시각을 갖게 되었다. 그는 또한 종교나 형이상학적인 사상이나 교의를 믿으려 하지 않았다. 그의 친구 베일리(Benjamin Bailey)가 "키츠는 모든 세상 만물에 대해 회의적인 성향을 고백했었다(Keats had confessed his skeptical nature in all things)"(Hyder, Ⅹ. 67)라고 했듯이, 그는 주위 사람들을 좀처럼 믿으려 하지 않았다. 그러나 키츠는 이러한 회의적인 태도로 삶을 포기하려 하지 않고 오히려 인간세계의 문제들을 불가피한 체험으로 생각하고 자신과 주위 사람들의 삶 속에 희망과 열정 그리고 고통 속에서도 좌절하지 않는 힘을 줄 수 있는 새로운 신앙의 대상을 찾으려고 노력했다. 그는 1817년 베일리에게 보낸 편지에서 다음과 같이 말하고 있다.

Such is this World – and we live – you have surely in a continual struggle against the suffocation of accidents – we must bear, the Proud Mans Contumely – O for a recourse somewhat human independent of the great consolations of Religion and undepraved Sensations. Of the Beautiful, the poetical in all things – O for a Remedy against such wrongs within the pale of the World!

우리가 사는 이 세상은 질식할 것 같은 사건들에 대하여 끊임없이 투쟁해야 하는 그런 곳이야. 그러나 우리는 거만한 사람들의 오만불손을 참아야 되지. 우리에게 종교나 사상과는 무관한 다소 인간적인 위안이 필요해. 모든 사물들에서 아름답고, 시적인 어떤 것이 그러한 낡고 병든 세상에 대하여 치료가 될 것이다. (Hyder, Ⅹ. 179)

키츠는 현실적으로 고통으로 번민하는 사람들에게 특별한 관심을 가졌고, 모든 사물로부터 포착한 미를 통해 자신을 포함한 주위 사람들에게 희망과 열정을 심어 주고자 했으며 고통 속에서도 좌절하지 않는 힘과 용기를 불어넣어 새로운 영혼을 창조해 내고자 했다. 이러한 태도는 그의 편지에서 여러 차례 밝힌 바 있다. 1819년 동생 조지(George) 부부에게 보낸 편지에서 다음과 같이 인생의 견해를 말했다.

> A man's life of any worth is continual allegory – and very few days can see the Mystery of his life – a life like the scriptures, figurative which such people can no more make out than they can the hebrew Bible.

> 인생의 어떤 가치란 성서 속의 삶처럼 극소수의 사람만이 그의 생의 신비를 알 수 있는 히브루 성경 속의 비유 같은 연속적인 알레고리(우화)다.
> (Hyder, X. 67)

키츠가 인생을 폭넓고 깊이 있게 생각하였던 것은 여러 가지 그의 고통스러운 체험들의 영향이 컸다고 볼 수 있다. 키츠는 8세에 마차 보관업을 하던 아버지를 낙마사고로 잃음으로 시작된 고통이 어머니마저 재혼을 함으로써 계부와의 갈등을 겪었고, 유산 상속을 둘러싼 집안 간의 소송사건, 어머니의 죽음, 외조모와 막내 동생 토마스(Thomas)의 죽음, 가난 또한 사랑했던 여인 패니 브론의 비극적인 사랑을 통하여 일련의 연속되는 불행을 겪었다. 그는 인간세계의 모든 문제들, 죽음, 고통, 상실, 이별 등을 깊이 생각하게 되었으며 아울러 세상에 회의적인 태도를 가지게 되었다. 그는 기존의 종교나 원리 원칙들이 자신에게 아무런 위안이 되지 못함을 깨닫고 새로운 진리, 즉 영원하지 않은 미의 추구로 세상의 고통을 헤쳐 나갈 수 있으리라 믿었다.

키츠는 그의 후기 시라고 할 수 있는 그리스 신화를 배경으로 한 야심작인 사천 행의 장시 *Endymion*의 서두에서 자신이 갖고 있는 미에 대한 총체적인 생각을 다음과 같이 제시하고 있다.

A thing of beauty is a joy forever;
Its loveliness increases; it will never
Pass into nothingness; but still will keep
A bower quiet for us, and a sleep
Full of sweet dreams, and health, and quiet breathing.

아름다운 것은 영원한 기쁨,
그 사랑스러움은 증가하고, 그것은 결코
허무하지 않아, 늘 우리를 위해
조용한 쉼터와, 감미로운 꿈으로 가득 찬 잠과,
건강과 고요한 호흡이 되어 주네(Ⅱ. 1~5).

'아름다움은 영원한 기쁨'이며 인간의 감각이나 상상력을 통해 느끼는 순수미는 우리를 건강하게 해 주고, 영혼을 짓누르는 실망과 비인간적인 결핍으로부터 벗어날 수 있게 해 준다고 했다. 이것은 미가 추상적이거나 형이상학적인 개념이 아니고 인간적인 개념이라는 의미이다. 키츠의 사천 행의 장편 서사시 *Endymion*에 대하여 더글러스는 "키츠의 생각의 온상이며 많은 비평가들이 이 시에서 그의 원숙한 시에 나타나는 시상의 원형을 찾고 있다"(Douglas, 45)고 말하고 있으며, 키츠는 이 시를 발표하고 난 후 당시 집권당인 토리의 블랙우드 매거진(Blackwood magazine)으로부터 혹평을 받았다.

그러나 키츠에게 시는 곧 힘이며 스스로 존재하는 잠재력이며, 모든 아름다움을 보고 기억하게 하며 상상하도록 영감을 주는 신앙과도 같은 고상한 열정이었다. 그에게 시를 쓰는 일이 그의 존재와 밀접한 관계를 맺고 있었다는 것은 1817년 4월 18일 레이놀즈(F. H. Reynolds)에게 보낸 편지에서 "나는 시 없이는, 영원한 시 없이는 존재할 수 없다(I find that I cannot exist without eternal poetry)" 라고 한 말에 의해 알 수 있다.

키츠는 자신의 고통스러운 삶이나 경험에서 얻어진 강력하고 복잡한 감정이나 이념을 철학적 관념에 예속시키는 것을 좋아하지 않았다. 키츠는 그의 독특한 시적 상상력의 산물인 시를 통해 노래하는 것을 최고의 기쁨으로 생각했다. 그는 기쁨과 고통이라는 양면성에 대해서도 어느 한 단면에 비중을 두지 않고 그 자체가 주는 부정성보다는 긍정성을 수용함으로써 이들을 극복하려는 적극성을 보여 주었다. 그는 1818년 10월 27일 우드하우스(Richard Woodhouse)에게 보낸 편지에서 다음과 같이 시인의 본질을 설명한다.

As a poetical Character itself. …… it is not itself - it is everything and nothing - it has no character - it enjoys light and shade; …… A Poet is the most unpoetical of anything in existence; because it has no identity-he is continually informing and filling other Body-The Sun, the moon, the sea, and Men and Women are not creatures identity of impulse are poetical and have about them as unchangeable attribute-the poet has none; no identity-he is certainly the most unpoetical of all God's creatures.

시적인 인물 그 자체로는 그는 아무것도 아니다. 그는 모든 것이기도 하고 또한 아무것도 아니다. 이러한 시인은 개성이 없다. 그는 빛과 어둠을 즐긴다. ……

시인은 이 세상에서 존재하는 그 누구보다도 시적이지 않다. 시인은 항상 다른 물체 — 태양과 달, 바다 그리고 남자와 여자 — 에 정신을 집중하여 자신의 심성을 충만하게 한다. 이것들은 충동의 산물이기에 시적이며, 그들 속에는 일정한 불변의 성질이 있다. 그러나 시인에게는 전혀 그런 성질이 없다.
(Hyder, X. 157)

이것은 키츠가 시인의 이상형으로 삼았던, 키츠의 시작에 많은 영향을 준 셰익스피어(William Shakespeare)를 두고 한 말이기도 하다. 그는 이러한 시인의 능력을 '소극적 수용능력(Negative Capability)'[8]이라고 부르고 특히 셰익스피어와 같은 위대한 작가가 그러한 특성을 가지고 있다고 말한다. 키츠에 따르면 이러한 '수용적 시인'은 셰익스피어와 같은 전혀 개성이 없고 계속해서 다른 사람의 역할을 해내는 카멜레온과도 같은 시인(the Chameleon Poet)으로 생각했다. 시인은 직관이 이끄는 대로 그의 상상력에 따라 자발적인 시를 창조하는 것이다. 키츠가 주장한 '소극적 수용능력'에 관한 것은 그의 편지에서도 잘 드러나고 있다.

I mean Negative Capability, that is when man is capable of being in uncertainties, doubts without any irritable reaching after fact and reason.

내가 말하는 소극적 수용능력이란 작가가 어떤 능력을 갖게 되면 그는 어떤 사실이나 이론적 근거를 찾아내려고 안달하지 않고 어떤 불확실한 것이나 풀리지 않는 것이나 의문 나는 것이 있어도 그냥 있는 그대로 받아들이는 것이다.
(Hyder, X. 293)

---

8) "Negative Capability"는 키츠 Odes의 중심을 이루는 시 이론으로 역자에 따라 『받아들이는 능력』, 『마음을 비우는 능력』, 『부정적 수용능력』 등으로 번역되었으나, 본 저서는 키츠의 편지에서 "우리는 벌보다는 꽃이 되어야 한다. …… 꽃처럼 우리들의 잎을 열고, 수동적이고 수용적이 되자(Letters, I. p.232)"를 참고로, 『소극적 수용능력』이라고 번역하기로 한다.

키츠의 소극적 수용능력이란 우리가 처해 있는 현실은 언제나 불확실한 것이며, 이러한 현실 속에서 어떤 하나의 체제나 형식이 다른 모든 것을 설명할 수 없다는 것을 의미한다. 따라서 필요한 것은 우리의 정신을 상상적으로 개발하고 감수성을 높이는 한편, 불가해한 현실이나마 마땅히 긍정적으로 받아들여 수용해야 한다는 주장이라고 할 수 있다. 그것은 인간이 사상과 이성을 초조하게 추구하지 않으면서 불확실성과 신비와 의혹 속에 안주할 수 있는 능력이다. 그는 그의 시 이론을 설명함에 있어 다음과 같은 수동적인 수용의 자세를 꽃과 벌의 비유로 들면서 다음과 같이 주장했다.

> We should rather be the flower than the bee. ⋯⋯ Let us not therefore go hurrying about and collecting honeybee like, buzzing here and there impatiently from a knowledge of what is to be arrived at: but let us open our leaves like a flower and be passive and receptive - budding patiently under the eye of Apollo and taking hints from every noble insect that favors us with a visit.

> 우리는 벌보다 오히려 꽃이 되어야 한다. ⋯⋯ 그런고로 꿀벌처럼 어떤 지식에 도달해야 한다고 안절부절못하면서 서두르고 자료를 모으고, 여기저기 바쁘게 돌아다니지 말자: 꽃처럼 우리들의 잎들을 열고, 수동적이고 수용적이 되자 - 아폴로의 시선 아래서 우리를 찾아오는 모든 고상한 곤충들로부터 암시를 갖도록 하자. (Hyder, Ⅰ. 232)

이것은 '어디에 도달해야 한다'는 목적에 대한 적극적인 노력보다는 꽃이 나타내는 수용적인 자세야말로 새로운 창조의 근원이 된다는 것이다. 1818년 2월 레이놀즈에게 보낸 편지에서, 키츠는 워즈워스의 시는 교훈적이며 '감지할 수 있는 의도'를 가지고 있으며 시의 응장함에도 불구하고 설득을 하고자 하며 확신을 주려고 애쓰고 있다고 말한다. 키츠에 따르면 "시는 위대한 것이어야 하고 강압적이어서는 안 되며 사람의 영혼 속으로 흘러들어오는 것이어야 한다"고 한다. 이러한 까닭에 키츠는 워즈워스의 시를 나무에 잎이 나듯 자연스럽게 나온 것이 아니라 시인이 반쯤 알고 있는 것을 보여 주는 '헛된 꾸밈'으로 간주한다. 그리하여 키츠는 시의 개념에 대해, 친구 테일러(John Taylor)에게, "나무에 잎이 돋듯이 시가 자연스럽게 맺히지 않을 바에는 차라리 시가 없느니만 못하다(if Poetry comes not as naturally as the leaves to a tree, it had not come at all)"(Maruice, 335)라고 말하고 있다. 이것은 시의 본질이 강요된 애씀과는 반대되는 자발적인 것이라는 의미이다. 이 자발성은 시인의 붓 끝에서 자연스럽게 흘러나오고 사고, 이념, 말 그리고 이미지를 모두 포용하는 것이다. 그것이 시인의 창의적 상상력의 작용으로 시인의 경험에 근거한 그리고 감각적인 자극에 근거한 이미지들을 무의식적인 기억의 영역 속에 저장하여 시인이 시를 쓸 때 자발적으로 나타난다는 것이다.

이와 같은 시의 특질을 논하는 키츠의 말은 그의 남동생 조지와 토마스에게 보낸 편지에서, "모든 예술의 탁월성은 미와 진과 밀접하게 관련되어 있으며 모든 다른 불유쾌한 것들을 증발시킬 수 있는 강렬함(The excellence of every Art is its intensity, capable of Making all disagreeables evaporate, from their being inclose relationship with Beauty & Truth)"(Hyder, Ⅱ. 42)이라고 한다.

이와 같이 키츠는 놀라운 정신적 생동감을 담은 편지들을 통해서 그의 시적 관심과 철학적 관심을 피하려는 개인적 진술을 많이 남김으로써 시인으로서의 자기수련을 위한 끊임없는 실험정신과 노력을 보여 주고 있다. 초기 시에서는 상상력을 현실도피의 수단으로 생각하고 초자연적이고 몽환적인 세계에서 위안을 얻고자 했으나, 현실과 유리된 상상력이란 파괴적인 측면이 있음을 알고, 점차 현실을 포용하면서 이상을 추구하여 자기 나름으로 시 이론을 꾸준히 발전시켜 나간다. 키츠의 위대한 송시들은 이러한 시인의 내면의 갈등과 이상과 현실의 괴리를 잘 극복하여 자신의 문제와 여러 인간의 모순과 갈등에서 빚어진 진리관이 잘 엿보이는 시들이다.

그의 송시에 나타나는 대상들은 모두 불멸의 성질을 지니고 있으며, 여성의 이미지로 묘사되고 있다(Waldoff). 송시들은 대부분 무엇을 찬미하거나 숭배를 표현하는 것인데 키츠의 시는 가변적인 세상에서 자연의 변화무쌍함(Mutability)과 예술의 영원함(Immortality)은 주요한 원리이며 무상함과 영원성의 주제는 밀접하게 관련되어 시인 자신을 완전히 고양시켜 자기 승화에 이르게 한다.

*Ode to Psyche*는 동생 조지에게 보내는 편지에서 키츠는 "상당한 노고를 들여서 쓴 첫 번째 유일한 것(the first and the only one with which I have taken even moderate pains)"(Hyder, Ⅱ. 105)이라고 했는데, 이 편지에서 말한 '더 평화롭고 건강한 정신에서 쓰일 어떤 다른 것'은 곧 후속의 송시를 예고한다는 것이 통설이다.[9] 그러나 시의 순서를 정함에 있어 저작 순서를 고려할 필요는 없으며

---

9) Sideny Colvin은 전기적 자료에 근거하여 'Indolence', 'Grecian Urn', 'Nightingale', 'Melancholy'로 순서를 정하고 있고, Any Lowell은 시에 나타난 계절적 요소에 의해 'Grecian Urn', 'Melancholy', 'Indolence'로 순서를 정의한다. 반면에 W. J. Bate는 'Nightingale', 'Grecian Urn', 'Melancholy', 'Indolence'로 순서를 규정하고 이것이 일반적인 관례라고 설명한다.

작가가 어떤 주제에 따라 연작을 했을 것이라는 가정하에 재구성할 수 있다. 헬렌 벤들러(Helen Hennessy Vendler)는 주제 선택에 따른 작가의 의식을 탐색함으로써, 작품의 표면에 드러나지 않는 작가의 의도를 추적할 수 있다고 믿고 다음과 같이 송시를 재구성할 것을 강조했다.

> Since a work answers the questions that have been put to it, within the conceptual and contextual frame presupposed by these questions.
>
> 어떤 작품은 문제들에 의해 전제되는 개념적, 문맥적 틀 속에서 주어진 문제에 답하기 때문이다.
> (H. Vendler, 5)

벤들러의 관점을 받아들인다면, '문제들에 의해 전제되는 개념적, 문맥적 틀'을 밝힘으로써 우리는 주어진 문제를 해결해 나가는 작가의 의식을 알아낼 수 있다. 따라서 *Ode on Indolence, Ode to Nightingale, Ode on Melancholy, Ode to Psyche, Ode on a Grecian Urn, To Autumn* 순으로 재구성된다.

그러나 본 저서는 작가가 내면적 성숙을 이루어 가는 과정으로 키츠의 송시를 탐색해 보고자 한다. 따라서 다음 장에서는 키츠가 즐겨 사용했던 그리스 신화 프시케와 큐피드의 전설을 모티브로 삼아 인간 정신을 상징하는 프시케가 고통을 겪고 영혼의 여신으로 자아를 완성하기까지 과정을 묘사한 *Ode to Psyche*를 처음으로, 키츠의 송시 중에서 가장 '개인적이며, 자연발생적이고, 자기 고백적인 시'(Vendler, 5)로 평가받고 있는, *Ode to Nightingale*과 그리스 항아리인 대표적 예술품을 대상으로 이상적인 세계를 추구하는 *Ode on a Grecian Urn*과 함께 가변적인 현실세계에서 시인이 받은 내면적인 상처를 이상적인 대상을 통해서 고통을 치유해 나가는 과정을 살펴보겠고, 다음장에서는 이상추구를 통해서 현실과의 갈등을 극복한 시인이 세상의 대상들과의 화해를 통해 그 아름다움을 드러내기 위한 과정으로 미를 추구하는 *Ode on Melancholy*와 *To Autumn*을 통해 우주의 대법칙을 이해하고 자기 승화에 이르는 시인의 모습을 살펴보고자 한다.

본 저서에서는 키츠에게 있어 시를 쓰는 것은 그 자신만의 대상과의 사랑을 나누는 방식이었고, 가난한 젊은 시인에게 있어 세상으로의 유일한 출구였으며 또한 그가 세상으로부터 받은 상처와 불명예를 회복하려는 노력이었다는 것을 밝히고자 한다. 따라서 그의 시는 풍부한 인간성(humanity)으로 가득 차 있으며 아름다운 음악과 향기로 넘쳐나는 옛 신화를 바탕으로 가지각색의 꽃들과 새, 별, 나무 그리고 바다를 거쳐 심오한 영혼 형성의 골짜기(Vale of soul - making)에 이르고 있다. 키츠는 자신의 후기 시 *The Fall of Hyperion*에서 "시인은 현인이며, 모든 사람의 휴머니스트이며, 치료자이다(A poet is a sage,/ A humanist, physician to all men: 189～190)"라고 정의함으로써 인간 내면의 고통의 치유가 시인의 가장 중요한 과제였음을 밝히고 있다.

2. 사색적 성장의 근간 마련: Ode to Psyche

이 봄의 송시들10)중 가장 먼저 쓰인 작품으로 알려져 있는 *Ode to Psyche*(프시케의 노래)는 키츠의 인생관에 대하여 쓴 서시라고 할 수 있는 것으로, 자아의식 발전 단계의 초보라는 평을 받기도 한다. 이 송시에는 목가적 로맨스나 신화로부터 시 소재를 찾던 초기 시의 잔재가 남아 있는 것으로, 이것은 시인이 프시케라는 신화로부터 그 소재를 취해 온 것이다. *Ode to Psyche*는 상당한 비평가들에 의해 다른 송시들과 관련시키기 힘든 것으로 말해진다. 알롯(Kenneth Allot)은 한때 이 송시가 너무나 무시되어 왔었다는 이유에서, 이것을 *Great Odes* 송시들 중의 신데렐라라고 말했을 정도였다(74). 그러나 이것이 이 시가 후에 나올 어떤 송시보다 함축성이 덜하다는 것을 의미하는 것은 아니다. 월터 잭슨 베이트(Walter Jackson Bate)는 이 첫 번째 송시가 모든 송시들의 깊이 만큼의 것을 내포하고 있다면서, 이것이 나머지 송시를 쓰게 한 촉매제적(Catalytic) 역할을 했으며 '다른 후기 시의 원형(a protype for the others(later Odes))'(487)

---

10) 송시들(Odes)은 'group'으로 보기도 하고, 'sequence'로 보기도 하는데, 정확히 '프시케의 노래'가 지어진 것은 1819년 4월 말이고 나머지 송시들은 같은 해 5월에 햄스테드 (Hampstead)에서 작시되었다고 한다("To Autumn"은 같은 해 9월에 쓰임). Robert Gleckner, "Keats's Odes: The Problems of the Limited Canon", Studies in English Literature, 5(1965), 577 - 85 참조. 필자는 본 연구에서 존 키츠의 1819년의 'Great Odes'를 형식 면에서나 내용 면에서 초기 시들로부터 발전된 최고의 걸작으로 평하는 비평가들의 입장에서 그의 내적 성숙과정을 분석하려 한다는 점에서, 그 송시들 중 "나태함의 노래"(Ode on Indolence)는 다루지 않으려 한다. 왜냐하면 그 시는 다른 송시들에 비해 문제 면에서 상당히 열등한 것이었으며, 1820년에는 키츠 자신에 의해 삭제되기까지 하였기 때문이다. 따라서 본 연구에서는 내적으로 성숙해져 가는 그의 시 세계의 흐름에 맞추어 "나태함의 노래"를 제외한 1819년의 5개의 송시들만을 적합한 순서로 서술한 것임을 밝혀 둔다. Miriam Allot, pp.541 - 542 참조.

이라고 말한다.

또한 이것은 이후에 연결되는 송시들에서의 인간의 시련과 필멸에 대해 실제적으로 물음이 제기되는 최초의 시이기도 하다. 초기 시와는 달리 이것은 '위'로 향하는 발돋움이 아니라 '내면(inward)'으로 향하는 시인의 성장(Dickstein, 189)을 그린 것이다.

이 시는 *Ode on a Grecian Urn*과 함께 키츠의 작품들 가운데 가장 그리스적이다. 큐피드와 프시케에 대한 신화는 프시케가 약속을 어기고 큐피드의 얼굴을 보았다는 것 때문에 수많은 고초와 슬픔을 겪어야 했다는 내용이다. 시인은 모든 현실의 고통을 수용하여 마침내 여신의 자리에 오르게 된다는 이 전설에 마음이 끌렸다. 즉 고통과 방황 후에 얻은 사랑의 완성이 키츠에게는 고통을 어떻게 보아야 하느냐의 문제에 있어 알맞은 시 소재가 되었기 때문이다. 이 송시에서 큐피드와 프시케의 결합은 중심적 주제를 제시하는 것으로, 허스트11)는 프시케와 큐피드가 결합하는 것은 '감성'과 '사상'의 결합을 상징한다고 할 수 있는 것으로 '영혼을 만드는 골짜기'인 이 세상에서 감성이 지성을 단련시키는 것인 동시에 상상력을 발휘하도록 하는 것이기도 하다. 이러한 결합 또한 프시케가 무수한 고초를 겪어야 했다는 점에서 단순한 사랑의 성취를 넘어선 인간 영혼의 승리를 나타내는 셈이다.

프시케에 대한 찬가인 이 시는 그 구조 자체에 순환원리를 내포하

---

11) Wolf Z. Hirst, p.119. D'avanzo 또한 이 둘의 결합이 함축하고 있는 가치와 의미를 다음과 같이 언급한다. "프시케와 큐피드의 성적 결합은 완벽함을 의미한다. 왜냐하면 가슴과 머리, 영혼과 감각이라는 신성한 결합을 의미하는 것으로, 이 결합은 시를 창출해 내고 있다." Mario D'avanzo, *Keats's Metaphors for the Poetic Imagination*(Durham: Duke University Press, 1967), p.214.

고 있다(Sperry, 249). 프시케 여신에게 시적 영감을 간구하는 부분이 구조적으로 볼 때는 이 시의 처음에 오지만, 이 첫 부분은 사실상 이 시의 마지막 부분과 이어져 있다. 이렇게 처음 부분과 마지막 부분이 서로 연결되어 있음으로 해서, 이 시는 구조 자체 내에 신비적 통일성과 아울러 부단한 생동감을 내포하고 있는 셈이다.

프시케는 옛 신화 속의 인물로 제사나 숭배를 받지 못한 채 무시되고 있는 '죽어 가는 불멸의 상징'(Waldoff, 106)으로, 키츠는 시적인 상상력을 동원하여 신화적 인물의 재생을 위해 노력하게 된다. 이 시는 키츠 자신의 인생관에 관한 시시라고도 할 수 있는데, 시인은 프시케의 과거 신화 속에 존재했던 여신을 자신의 마음속에서 재창조하려는 적극적인 의지와 희망을 표현하고 있다. 키츠는 온 올림푸스 산의 퇴색한 계급 중에서도 가장 사랑스럽고 아름다운 여신임에도 불구하고 합당한 대우를 받지 못하고 있다는 점을 안타깝게 여기고 프시케 여신에게 자신의 시, 즉 '이 곡조 없는 노래(these tuneless numbers)'를 들어달라고 호소하는 것이다. 이것은 그녀의 존재가 프시케, 즉 인간의 영혼을 의미하는 이교의(heathen) 여신인 까닭에 소홀하게 취급받고 있다는 것이다. 제1연 도입부에서 자신이 프시케에게 시를 지어 부를 수 있게 해 달라고 간청한 뒤 프시케와 큐피드가 잠들어 있는 모습을 잊혀진 신화의 장면처럼 묘사해 내고 있다.

O Goddess! Hear these tuneless numbers, wrung
By sweet enforcement and remembrance dear,

오 신이시여! 달콤한 강제와 그리운 추억이 짜낸
이 소리 없는 시에 귀를 기울여다오.

(Ode to Psyche, 1～2)

　상상과 현실의 교차점인 꿈꾸는 듯한 상태로 숲 속을 거닐다 뜻밖에 아름다운 두 연인을 발견하고 놀라워하는 모습은 실제로 두 연인이 우리 눈앞에 나타난 것처럼 생생하게 묘사된다. 키츠는 프시케와 큐피드(또는 에로스)를 꿈속에서 만나게 되었는지 또는 '실재 속의 상상(awakened eyes)'을 통해서 만나게 되었는지는 분명히 알 수가 없다. 숲 속의 작은 시냇가 실바람에 흔들리는 꽃과 나뭇잎 아래 누워 포옹하고 있는 두 연인을 숲 속에서 만나게 된다. 키츠의 시에 있어 숲이 상징하는 것은 상상과 실재가 만나는 곳이며 또한 상상이 가장 활발하게 전개되는 영역이기도 하다. 여기서 '달콤한 강제(sweet enforcement)'는 억지로라도 노래를 부르지 않을 수 없는 충동을 말한다. 이제 시인은 꿈인지 현실인지 모를 경험을 다음과 같이 계속하게 된다.

> An unconscious impulse creates the poem no less than the dream; it provides, that is to say, the mental energy required for its formation. That impulse seeks in the poem, no less and no otherwise than in the dream, its desired satisfaction.

> 무의식적 충동은 꿈과 같은 시를 창출하게 한다. 그것은, 다시 말해, 시 창출의 형성을 위한 정신적 에너지를 제공한다. 그러한 충동은 꿈속에서와 똑같이 시 속에서 그것의 욕망되는 만족감을 추구한다(104).

　이렇게 해서 내재된 생각과 사상들은 눈에 보이는 이미지로 바뀌고 극화된다. 또한 다반조에 의하면 이러한 몽환적 상태는 명확하게 정의 내릴 수 없는 "꿈과 의식의 중간 위치에 놓여 있는 것으로 마음이 가장 활발히 움직일 수 있는 상태"(D'Avanzo, 203)라고 주장한다. 그는 꿈인지 현실인지 모를 경험을 계속한다.

I wandered in a forest thoughtlessly,
And, on the sudden, fainting with surprise,
Saw two fair creatures, couched side by side
In deepest grass, beneath the whispering roof
Of leaves and trembled blossoms, where there ran
A brooklet, scarce espied.

나는 아무런 생각 없이 숲 속을 거닐다가
문득 깜짝 놀라 기절할 뻔한 장면들을 보았노라.
두 아름다운 남녀를 거의 눈에 띄지 않는
시냇물이 흐르는 곳에서, 잎사귀와 떨리는 꽃들의
속삭이는 지붕 아래, 깊숙한 풀 위에
나란히 누워 있는 것을;
(Ode to Psyche, 6~12)

시인이 처음 큐피드와 프시케를 발견했을 때 그들의 자세는 아늑한 숲이라는 공간 속에서 '반쯤 잠들어 있는' 것이었다. 이것은 잠과 깸 사이에 해당하는 말하자면 육신과 영혼, 자연과 초자연, 현실과 이상이 공존하는 영역인 '선잠(slumber)' 상태로서, 건강한 잠을 나타낸다. 키츠는 이러한 잠을 '마술적인 잠'(Letters Ⅰ, 453)이라고 부르면서 그러한 청명한 잠에 대하여 시인을 상상력의 세계로 인도해 줄 뿐 아니라 마음의 상처를 <치유>해 주기도 하는 것이라고 말한다. 키츠는 *Sleep and Poetry*에서 시를 '자신의 오른손에 반쯤 잠들어 있는 힘(This might half slumbering on its own right arm,

Letters 1. 237)'으로 정의하였다. 여기서 숲은 시에서 상상과 현실의 교차점이 된다.

> Their arms embraced, and their pinions too;
> Their lips touch'd not, but had not bade adieu,
> As if disjoined by soft－handed slumber,
> And ready still past kisses to outnumber

> 두 팔과 날개로 서로 껴안고서
> 그들의 입술은 닿지 않았지만, 영원한 작별을 고하지도 않았네.
> 마치 부드러운 손길을 가진 잠으로 인해 떨어졌으나,
> 이전의 입맞춤을 항상 능가하려는 듯
> (Ode to Psyche, 16~19)

방금 사랑의 행위를 끝내고 부드러운 졸음에 빠진 듯하지만, 그들은 다시 입맞춤을 시작하려는 듯, 이 장면에서는 나른함과 활기가 뒤섞여 있으며, 팔과 날개로 서로 포용한 모습에는 인성과 신성이 한데 뒤엉켜 있다. 키츠를 위대한 시인으로 인정한 엘리옷(T. S. Eliot)은 특히 *Ode to Psyche*는 키츠가 시인으로서의 명성을 지키기에 충분하다고 말한다. 그리고 이 장면은 멈춤도 아니며 또한 움직임도 아니며(But neither arrest nor movement), 돌아가는 세계가 정지된 지점(At the still point of turning world)에서 '과거, 현재, 미래가 동시에 융합되고 있는 상황'(Elliot, 191)인 것이다. 여기서 두 연인은 행복 그 자체이며 어떤 강렬함과 절제가 어울려 있는 상태이니, 시인은 자신도 이런 상황을 'stationing'(Bate, 246)이란 말로 대신하고 있다. 이와 같이 사랑을 나누는 연인들을 조각이나 그림의 한 장면처럼 묘사하는 이 상황은 영원히 지속될 그들의 행위를 일순

간에 포착한 것처럼 나타내는 것이다. 그것은 시인이 붙잡고 싶은 '현재'이기도 하며 영원히 지속되기를 바라는 '영원한 현재'로서 프시케라는 여인의 존재가 실재하는 데 대하여 일말의 의구심도 없음을 강조하는 있는 것이다.

그래서 제1연 끝 부분에 이르러서는 프시케의 존재에 대하여 "who wast thou?"라고 묻고 난 후 "His Psyche true!"라고 간단하고도 자신 있게 대답함으로써 재생된 프시케의 존재를 확실히 드러낸다. 프시케의 재생은 제2연과 제3연에서 더 자세히 다루어지고 있는데, 키츠는 프시케가 뒤늦게 어신이 되었지만 그녀의 미는 올림푸스의 어느 신보다 뛰어나다고 한다.

> O latest born and loveliest vision far
> Of all Olympus' faded hierarchy!
> Fairer than Phoebe's sapphire‒region'd star
> Or Vesper, armous glow‒worm of the sky;
>
> 오 온 올림푸스 산의 퇴색한 계급 중에서도
> 가장 늦게 태어난 가장 사랑스러운 이예!
> 포이베의 별보다 혹은
> 하늘의 사랑스러운 반딧불보다도 훨씬 아름다운;
> (Ode to Psyche, 24~27)

이 시는 슬픔과 기쁨의 분위기가 서로 교차되고 있는 작품으로 평가되고 있다(Waldoff, 108). 프시케는 인간으로서 너무나 아름다웠기에 미의 여신 비너스(Venus)의 시샘을 받아 갖은 고통과 역경을 겪고 난 후 주피터(Jupiter) 신의 도움으로 올림푸스의 마지막 여신이 되어 큐피드와 재결합함으로써 자신의 고통을 보상받을 수 있게 된다. 이 신화는 현실에 직면한 고통을 어떻게 볼 것인가에 대한 문제로 고심하던 시인에게 아주 적절한 소재가 된다. 이 시를 멜러 (Anne Mellor)는 "시인이 혼돈과 인간의 경험에서 오는 모순, 즉 인간마음의 고뇌와 고통 그리고 숭엄한 실체를 포함한 시를 쓰겠다는 생각이 기록된 시"라고 말하고 있다.

또한 프시케 여신이 'Nor－virgin－choir to make, delicious moan/Upon the midnight hours(Ⅱ. 30～31)'와 같이 시인이 하늘의 달과 저녁별보다 아름답다고 한 여신에게 신전도 제단도 감미로운 신음소리를 낼 처녀 합창대도 없다고 표현한 데 대해서 해럴드 블룸은 'a shy hint of the sexual sublimation in aspects of worship'(Bloom, 400)이라면서 매우 관능적인 감각적 사랑을 암시하는 표현이라고 지적했다.

제1연 끝 부분에 프시케에 대하여 감탄하는 말 'Who wast thou, O happy, happy dove?(Ⅰ. 22)'는 시인의 마음속에 상상력의 작용이 고조되어 강력함의 상태가 되고 더불어 더욱 상상력의 적극적인 작용에 힘입어 객체와 동일한 경지에 도달한 상태에서 유발되는 말이다. 시인이 프시케와 큐피드를 결합시킨 것은 그 둘이 나타내는 상징들을 결합시키려는 태도이다. 즉 프시케는 상상력을 큐피드는 정열을 나타내는데 이 둘이 결합하여, 최고의 시적 성취를 이루게 된다는 의미를 담고 있다. 또한 시인의 구원체계라고 할 수 있는 '영혼형성의 계곡'에 대한 생각이 나타나 있다. 이 둘의 결합이 함축하고 있는 가치와 의미를 허스트는 다음과 같이 말한다.

The marriage of Cupid(Eros, god of Love) and Psyche(soul, mind),
which traditionally represents the openness of the soul to love and the
union of feeling with mind, or physical with spiritual love, would seem,
in addition, to symbolize for Keats the fusion of sensation and thought,
the heart's schooling of the intelligence in the vale of soul－making
and, above all, the stimulation of the imagination by the heart's affection.

큐피드(사랑의 신 에로스)와 프시케(영혼, 마음의 신)의 결합은 전통적으로 사랑
에 대한 영혼의 개방, 감정과 정신의 일치 혹은 정신적 사랑과 육체적 사랑의
합일을 나타낸다. 뿐만 아니라 이것은 키츠에게 있어 감각과 사고의 융합을, 무
엇보다도 영혼형성의 계곡에 있어서 마음이 하게 되는 지성의 훈련 그리고 무엇
보다도 마음의 애정이 주는 상상력에 대한 격려를 상징한다.12)

시인은 프시케가 가장 늦게 신이 되었다는 사실과 고대의 어느 사
람도 그녀를 경배하거나 제사 드림을 소홀히 했었다는 점(Temple
thou hast none, Ⅰ. 28)을 개탄하면서 키츠 자신이 영감을 받은
Poet－priest로서 프시케의 사제와 예언자로서 행동하기를 결심한다.

Yes, I will be thy priest, and build a fane
In some untrodden region of my mind,
Where branched thoughts, new grown with pleasant pain,
Instead of pines murmur in the wind: (Ⅳ. 50~53)

그렇다. 이제 내가 그대의 사제가 되겠노라
그리고 내 마음의 어느 인적 드문 곳에다 신전을 짓겠노라.
거기서 즐거운 고통으로 새로 자란 사상의 가지들이

---

12) Wolf Z. Hirst, p.119. D'avanzo 또한 이 둘의 결합이 함축하고 있는 가치와 의미를 다음과
같이 언급한다. "프시케와 큐피드의 성적 결합은 완벽함을 의미한다. 왜냐하면 가슴과 머리,
영혼과 감각이라는 신성한 결합을 의미하는 것으로, 이 결합은 시를 창출해 내고 있다."
Mario D'avanzo, *Keats's Metaphors for the Poetic Imagination*(Durham: Duke
University Press, 1967), p.214.

소나무 대신 바람에 속삭이도록 하겠노라.
(Ode to Psyche, 50~53)

　　그러나 제2연에서 반복되는 no를 제3연에서 thy로 바꾸게 되는데
'Thy voice, thy lute, thy pipe, thy incense sweet, Thy shrine, thy
grove, thy oracle, thy heat.(Ⅲ. 46~48)'라고 하면서, 여신에게 합
당한 성가대, 목소리, 퉁소, 피리, 향로, 성전, 수풀 등 무엇이든지 바
치겠노라고 한다. 이것은 프시케의 존재와 예배를 한 가지씩 재생함
으로써 시인은 현재 단절되어 버린 여신의 아름다움에 대한 찬양을
드리고, 그녀의 잃어버린 불명예를 되찾아 주고자 하는 시인의 간절
한 바람이다. 시인의 이와 같은 헌신은 다음과 같은 의미를 지닌다.

　　키츠에게 있어 시 쓰기는 곧 타자로부터 인정받고 싶은 욕망
(desire of Other)의 대상이 되고자 하는 욕망과 더불어 타자로부터 인
정받고 싶은 욕망을 모두 말하는 것이다. 타자에 대한 욕망으로 대표되
는 예는 '원초적인 타자인 어머니에 대한 근친상간적인 욕망을 말한다
(the incestuous desire for the mother, the Primal Other).'(Lacan,
67) 그러나 어머니는 아이의 욕망의 대상이 될 수는 있으나 그의 욕
구를 만족시킬 수는 없다. 이는 어머니 자신이 결여(lack)의 기반을
둔 존재이고, 그것은 다름 아닌 팰러스(Phallus)이다. 어머니가 팰러
스를 결여하고 있다는 것을 알게 된 아이는 어머니가 결여하고 있는
상징적 팰러스(symbolic phallus)를 자신이 대신 함으로써 어머니로
부터 인정을 받고자 한다.

　　그러나 이 같은 노력이 자신의 한계를 넘어섬을 깨달은 아이는 어
머니의 막강한 힘 때문에 무력감과 불안을 느낀다(이정호, 85). 따라

서 키츠의 시 속의 연인들은 영원히 입 맞추지 못하고 그러나 떨어지지 않으려는 듯이(Their lips touch'd not, but had not bade adieu) 어정쩡한 거리를 유지하게 되는 것이라는 생각이다. 또한 이러한 관점에서 볼 때 *Ode on a Grecian Urn*에서 타자의 욕망의 대상으로서의 그리스 항아리는 역시 '더럽혀지지 않은 신부(Un'ravish'd bride)'이며, '차가운 목가(Cold Pastrol)'가 되는 것이다. 이와 같이 욕망과 충족되지 못한 욕구와 시인의 원초적인 감각에 기반을 둔 결여에서 키츠 시에서 자주 등장하는 여신(goddess), 속이는 요정(deceiving elf), 숲의 정령(Dryad of the trees) 등은 이처럼 어머니에게 인정받고자 하는 아이의 괴리감을 극복하려는 노력으로 보인다.

여기서 신전은 프로이트의 해석에 따르면 분명히 남성적인 팰러스를 상징한다. 시인은 프시케와의 육체적 결합을 통하여 그녀의 결함을 채워 주고자 한다. 이 시에서 신음소리(grown)와 즐거운 고통(pleasant pain)은 분명 성애(erotics)를 표현한다고 하겠다. 그것은 마치 초현실주의(Surrealism)에서 주장하는 프로이드(Freud)적 해석과도 어울리는 듯하다. 즉 시인의 마음속에 내재한 프시케 여신에 대한 이미지를 표현하는 데 있어 적당한 방법인 '소망 충족의 방법(wish-fulfilling)'으로 나타내고 있다고 볼 수 있다. 허버트 리드(Herbert Read)는 다음과 같이 말한다.

As unconscious impulse creates the poem no less than the dream; it provides, that is to say, the mental energy required for its formation. That impulse seeks in the poem, no less and no otherwise than in the dream, its desired satisfaction.

무의식의 충동이 시의 창작에 필요한 '정신적 에너지(mental energy)'를 제공하며 이렇게 하여 꿈뿐만 아니라 시까지도 창조하게 한다. 따라서 내재된 아이디어와 사상들은 눈에 보이는 이미지로 바뀌고 극화되는 것이다(104).

제1연에서 시인이 숲 속을 거닐다가 '갑자기(on a sudden)', '놀라 기절할 것 같은(fainting with surprise)' 성애 장면을 목격자가 본의 아니게 몰래 보게 된다. 앨런 테이트의 말을 고려한다면, 키츠는 회화적 시인으로서 시간 속에서 일어나는 모든 일을 일련의 '시각적 장면'으로 묘사한다고 한다. 그는 다음과 같이 키츠의 시를 평가한다.

Keats a Pictorial poet was necessary presenting in a given poem a serious of scenes, and even in narratives the action does not flow from inside the characters but is governed pictorially from outside.

회화적 시인으로서 키츠는 한 편의 주어진 시에서 반드시 일련의 시각적 장면들을 나타내고 있으며, 설화시에서조차 행위는 등장인물 내에서 나오지 않고 외부로부터 시각적으로 통제가 된다(Tate, 152).

그러나 여기서 주목해야 할 점은 키츠가 바라보는 것이 단순한 감각적 육체를 가진 여신이 아닌 고난을 겪고 그것을 극복하고 인내하여 자기 성취와 내적인 성숙이 갖춰진 정신적인 미를 갖춘 여인상이라는 점이다. 키츠는 프시케라는 대상의 본질에 몰입하여 그녀와 자신을 동일시하여 자신의 시 안에서 높은 수준의 '합일(unity of being)'을 이루려는 흔적을 보인다. 다시 말해 그는 여신을 찬미하고 인간화하기에 이른다(Bloom, 400). 그러기에 제3연에서는 자신과 여신이 동화되어 정신과 육체가 혼연일체가 된 세계를 섬기고 찬양하

는 예언자가 되겠다고 결의하면서 현실의 고통을 인내하고 헤쳐 나
갈 수 있게 해 달라고 간청한다.

　제4연은 이 시의 최고점이며 가장 강한 주제의식이 들어 있는 표
현들로 이루어져 있다. 자주 쓰이고 있는 will과 shall의 단어로 미루
어 시인은 여신의 시인－사제－예언자의 역할을 해낼 것이라는 강
한 의지를 보여 준다. 도입부에서 그는 프시케의 사제가 되어 그녀
를 위한 신전을 마음속 깊은 곳에 짓겠다는 대목에서 절정을 이룬다.

> Yes, I will be thy priest, and build a fane
> In some untrodden region of my mind,
> Where branched thoughts, new grown with pleasant pain,
> Instead of pines shall murmur in the wind:
>
> 그렇다, 나는 그대의 사제가 되리라, 그리고 내 마음에
> 아무도 밟지 않는 곳에 그대의 신전을 지으리라.
> 거기서 즐거운 고통으로 새로 자란, 사상의 가지들이
> 소나무 대신 바람에 속삭이도록 하겠노라.
> (Ode to Psyche, 50～53)

　시인이 신전을 짓는다는 또 다른 의미는 시인의 의식을 확장시키
는 것이다. 그것은 삶의 고통이나 즐거움 모두 영혼형성의 과정으로
삶의 이중성을 수행하는 것이다.13) 시인이 의식을 넓혀서 시를 쓴다
는 것은 기쁨을 주기도 하겠지만 또한 현실세계를 인식해야 하기 때
문에 고통스럽기도 한 것이다. 따라서 키츠는 그의 정신 영역에 세

---

13) Harold Bloom, op. cit., p.407.
　　"The implication is that the process is one of soul－making in an undiscovered
　　country: to build Psyche's temple is to widen consciousness. But the dual
　　capacity for pleasure or pain."

워진 신전에 무성하게 자란 잡다한 생각의 가지들이 '즐거운 고통'으로 자랄 것이라고 한다. 여기서 즐거운 고통은 앞서 제2연에서 시인이 여신에게 시적 영감을 구하면서 사용된 '달콤한 강제'와도 같은 모순어법이다. 이러한 표현은 시인이 여신의 사제가 된다는 것이 힘들지만 즐거운 일이라는 것을 재확인시켜 준다. 이것은 또한 키츠와 같이 소극적 수용능력의 경지에 이른 경우에 가능하다고 할 수 있다.

이 신전 속에 산들바람, 시냇물, 새, 벌 등에 둘러싸인 자연 그대로의 능선을 가진 줄지어 선 울창한 나무들이 있다고 한다(Fledge the wild-ridged mountains steep by steep; 53). 이것은 정지된 상태의 가파른 산과 울창한 숲, 새, 벌 등과 같이 활동적인 남성적인 특징과 더불어 풍부하고 부드러운 여성적인 특성들이 조화를 이루어 키츠가 추구하는 고통도 즐거움으로 받아들일 수 있는 이상적인 세계로서, 마치 숲의 요정처럼 근심걱정이 없이 잠들 수 있는(The moss-lain Dryads shall be lull'd to sleep; 57), 그리하여 고통으로 가득 찬 현실세계에서 받은 상처에 대한 <치유>를 받을 수가 있다는 것이다.

그리하여 시인은 '광대한 고요(wide quietness)' 한가운데 여신을 위한 장미로 꾸민 성소를 마련하고 싶어 한다. '활발한 두뇌(working brain)'로 엮은 꽃다발은 시를 상징하고, 꽃봉오리, 방울들로 표현되는 지상의 영역과 '이름 없는 별들(stars without name)'로 표현되는 초자연적인 영역과 정원사인 시인이 가꾸어 내는 온갖 독창적인 꽃들로 꾸며진다. 이제 시인은 지성과 상상력의 활동을 통하여 새롭게 이루어지는 내면세계, 곧 시로 꾸며진 신전을 활짝 열고 따뜻한 사랑이 들어오기를 기다리게 될 것이다.

And there shall be for thee all soft delight
That shadowy thought can win,
A bright torch, and a casement ope at night
To let the warm Love in!

그리고 거기에 그늘 많은 생각이 얻을 수 있는
온갖 부드러운 환희를 그대를 위해 바치겠노라,
찬란한 횃불 하나 그리고 따뜻한 사랑의 신을
밤에 방 안으로 들여놓을 열려 있는 창문 하나를!
(Ode to Psyche, 58~67)

그 신전의 열린 창가에는 고통을 통해 성숙해진 프시케가 밝은 횃
불을 켜 놓고 따뜻한 사랑의 신인 큐피드를 맞이할 준비를 하고 있
다. 여기서 '그늘진 사상(shadowy thought)'과 '밝은 횃불(A bright
torch)'은 대칭을 이루고 있으며 각각 기다리고 있는 프시케와 그녀
를 찾아올 큐피드를 상징하고 있다. 또한 시인 자신도 시를 통해서
따뜻하고 건강한 밝은 미래를 맞을 채비로 희망에 차 있다. 마지막
두 행이 암시하는 것은 사랑의 감각적인 면을 대변하는 큐피드와 영
혼의 정신적인 면을 대변하는 프시케의 결합을 통한 '영적인 에로티
시즘(spiritualized eroticism)'을 상징한다(Vendler, 64). 이것은 결국
삶이 도달해야 할 궁극적인 목표, 즉 영혼의 완성을 나타낸다. 그리
하여 인간으로서 고통과 시련을 겪어서 결국 여신이 된 프시케의 역
정이 자신의 세계관과 일치함을 발견한 시인은 여신이 상징하는 영
혼형성의 역정을 모범으로 삼아 지친 인간의 영혼들을 그의 영원불
멸하는 시로 <치유>하여 줄 것을 자청하는 것이다.

이제 시인은 그가 이루어 낸 정신적 자연의 풍경 속에 자신의 성전을 꾸미는데, 그는 거기에서 상반된 것들의 조화와 융합이 이루어져야 함을 말한다. 첫 연의 지상적 천국에 있었던 아름다운 사물들은 이 마지막 연에서 '가지 친 사고', '활동하는 두뇌의 장식된 격자', '정원사 공상이 만들 수 있는 모든 것'으로 각각 대응된다. 이 시에서 중요시되어야 할 점은 키츠가 상상력을 통해 이제 더 이상 단순한 환상만을 그리지 않고 '가지 친 사고', '활동하는 두뇌', '어두운 사고' 등을 포용하고 있다는 점이다. 즉 '사고의 삶보다는 감각적 삶을 살았으면'(Letters, 67) 하고 기원했던 그가 갈등과 혼란의 과정을 거친 후의 이 송시에서는 그 사고마저도 포함시키고 있는 것이다. 이러한 발전은 그가 이 시를 쓰기 얼마 전 지식을 지닌 감각과 그렇지 못한 감각의 차이를 설명하면서 신비의 짐을 덜기 위해서는 '광대한 지식'을 필요로 한다는 내용의 편지를 쓴 사실을 상기하고 있기 때문인 듯하다. 시인은 위에서의 모든 것이 통합된 곳에서 지극히 인간적인 사랑으로 프시케와 큐피드를 결합시키려 함으로써 자신의 시적 바탕인 상상의 세계가 언제나 현실 속의 인간세계와 밀접한 관계를 가지고 있다는 것을 분명하게 보여 준다.

결국 온갖 상반되는 현실을 융합시키기까지 키츠는 프시케의 신화를 상상력을 통해 재창조해 가는 과정에서 불멸과 필멸, 즐거움과 슬픔 등, 인생의 참모습에 대한 복합적인 시각을 얻게 된다. 이것은 그가 '내적인 의식의 확장'(Dickstein, 203)의 발단을 이루었음을 의미한다. 이 송시는 현실세계에서 인간 삶에 내재하는 실제적으로 절박한 고뇌와 슬픔을 나타내지는 않았지만 뒤에 나오는 네 편의 송시들로 이어지는 첫 과정으로, 시인이 인간세계에 근간을 두고 있는 자신의 시 세계의 바탕인 이 세상에서 시인으로서의 그의 내적인 역할이 시작됨을 알리고 있다. *Ode to Psyche*에서 키츠는 이렇듯 상상력이라는 창조적 기능을 통해 현실의 수용을 위한 자신의 내적인 성장의 근간을 마련하고 있다.

3. 도피 그 이후의 진정한 사색과 깨달음:
Ode to a Nightingale, Ode on a Grecian Urn

이제 키츠는 현실세계에 존재하는 자연물(Nightingale)과 예술품 (Urn)으로부터 시의 소재를 취하고 있다. 이것은 현실 속에서 얻게 되는 경험을 내면화함으로써 현실세계로 완전 귀의하려는 그의 의지를 암시한다. *Ode to a Nightingale*은 그의 송시들 중 '가장 개인적이며, 자연 발생적이고, 자기 고백적'(Vendler, 83)인 작품이다. 프텟 (E. C. Pettet)은 이 시를 "모든 키츠의 시 중 가장 풍요로운 대표적 작품(the most richly, representative of all Keats's Poems)"(251)이라고 평하는데 다음과 같은 이유에 근거를 두고 있다. 첫째는 이 시의 계절적 배경이 키츠의 시 세계에 자주 등장하는 늦은 봄과 이른 여름이라는 점이며, 둘째는 키츠의 시 전반에 걸쳐 흩어져 있는 공통된 감각, 표현, 생각 등이 이 시에 농축되어 들어 있다는 점이다. 셋째로 이 시의 창작은 키츠 개인이 겪는 진통과 가장 직접적으로 연관되어 있다는 사실이다. 몇몇 비평가들은 이 시와 쉘리(Shelly)의 *To a Skylark*(종달새에게)를 비교하면서 *Ode to a Nightingale*에는 지적 구조가 결여되어 있다고 보는 반면에, 리비스(F. R. Leavis)와 같은 비평가는 이 시가 셸리의 시보다 복잡한 유기적 구조를 가지고 있다고 말한다(388). 이 송시는 키츠의 상상적 비행과 그것에서 깨어나 현실세계의 의식으로 돌아오는 과정을 가장 극명하게 보여 주는 시이다. 아름다운 나이팅게일의 노래를 듣고 그것이 상징하는 듯한 초월적 세계에 동참하려는 시인은 그것에 대조되는 인생의 비극적 현실을 더욱 강하게 확인하는 역설에 빠져든다. 많은 비평가들이 이 시를 격찬하는 것은 바로 이 시가 의식의 격렬한 투쟁, 즉 환상과 도취에 몰입하여 현실의 고통을 잊으려는 노력과 그 노력의 무위를 깨닫고 현실을 직시하는 의식 사이의 갈등을 극적으로 묘사하고 있기 때문이다. 이 시에 등장하는 새는 같은 해 5월 햄스테드(Hampstead)에 사는 친구 찰스 브라운(Charles Brown)의 집 근처에 집을 짓고 있는 새였다고 하는데, 그는 그 새소리를 들으면서 두세 시간씩 앉아 있곤 했었다고 한다.

> In the spring of 1819 a nightingale had built her nest near my house. keats felt a continual and tranquil joy in her song: and one morning he took his chair from the breakfast table to the grass‒polt under a plum‒tree. where he get for two or three hours. When he came into the house. I perceived he had some scraps of paper in his hand, and these he was quietly thrusting behind the books.

> 1819년 봄. 나이팅게일은 내 집 근처에 둥지를 만들었다. 키츠는 노래를 듣고 아주 오랫동안 평온한 기쁨을 느꼈다. 하루는 자양나무 아래서 식탁 의자를 잔디에 놓고 두 세 시간을 그렇게 앉아 있었다. 그가 집에 들어왔을 때. 나는 그가 손에 몇 장의 글을 쓴 종이를 들고, 그것을 슬며시 책 뒤에 밀어 넣는 것을 보았다(Watts, 127).

나이팅게일의 감미로운 운율에 넋을 잃은 시인은 현실과 자신의 처지를 잊고자 그 속에 흡수되었다. 시의 도입부에서는 현실의 고통을 잊으려는 시인의 몽롱한 의식상태가 묘사되고 있다. 시인은 상상력의 작용을 통해 나이팅게일에 몰입함으로써 그 생을 불멸한 것으로 인식한다. 그러나 이러한 식의 지나친 몰입은 현실의 삶으로부터 도피하는 것이며 자신의 정체마저 파괴시킬 수 있는 것으로, 이때 시인은 이상이 아닌 현실 속에서 자아를 되돌아보아야만 삶의 현실을 이해할 수 있게 된다. 이것은 테이트가 이 시에 있어서의 중심문제를 "이상적인 것과 현실적인 것 사이의 모순(the antimony of the ideal and real)"(177)이라고 말한 것과 상통한다.

이 시의 전개양식을 살펴보면 우선 첫 연에서 시인은 영원성과 미를 상징할 수 있도록 나이팅게일을 '숲의 요정(Dryad of the trees)'으로 비유하고 그것이 부르는 노래가 선율적이라고 한 후에 시 전체의 구조형성에 역할을 맡게 될 요소들을 준비해 놓고 있다. 다음의 연들에서 시인이 나이팅게일의 세계로 들어가기 위해 술과 죽음을 소망하고 있다. 즉 독과 마취제에 의해 고통스러운 삶으로부터 도피를 꾀하려는 키츠의 심각한 도피 경향을 처음부터 엿볼 수 있다. 그는 감각이 마비되는 듯한 '졸린 무감각의 상태', '독약'과 '아편' 그리고 '망각의 강' 등 죽어 가는 듯한 멍한 의식의 상태를 보여 준다.

> My heart aches, and a drowsy numbness pains
> My sense, as though of hemlock I had drunk,
> Or emptied some dull opiate to the drains
> One minute past, and Lethe－wards had sunk.

내 가슴은 아프고, 나른히 파고드는 마비에
감각이 쑤신다. 마치 독삼을 마신 듯
또는 어지러운 아편일랑 찌꺼기까지 들이키고
망각의 강 쪽으로 가라앉은 듯이
(Ode to a Nightingale, 1 - 4)

이와 같이 *Ode to Psyche*에서와는 달리 괴롭고 건강치 못한 서두를 보게 된다. 새의 노래는 그로 하여금 독초나 아편을 마지막 찌꺼기까지 마신 후 마비되어 가는 감각과 몽롱해져 가는 의식처럼 망각의 강을 건너 모든 것을 잊어버리게 할 수 있는 마법과도 같다. 이러한 무감각과 고통의 이유는 무엇인가? 이것은 곧 그가 그 내부에 겪고 있는 슬픔 때문이나 혹은 나이팅게일에 대한 부러움 때문이 아니라 '당신의 행복 속에서 너무나 행복한(But being too happy inn thine happiness)'(11. 6) 것 때문임을 알 수 있다. 이러한 '행복함'의 상태는 키츠에게는 대체로 상상력의 적극적인 참여에 의해 자신을 잃고 객체와 동일하게 되는 '강렬함(intensity)'의 경지로 접어드는 환희의 상태이다. 즉 자아로부터 지나친 감정이입으로 인해, 단지 객관적인 사물로 나이팅게일의 행복함을 부러워함이 아니라 마치 자신을 나이팅게일의 자아와 동일시하려 하는 것이다. 이러한 천상적인 것으로 파악된 "자아를 상실할 정도의 나이팅게일에 대한 시인의 몰입은 그가 지니는 변화하는 인간적 속성을 허락할리 없으므로 실패하게 된다."(Wasserman, 186) 그러한 나이팅게일은 날개를 단 숲의 요정으로, '나무의 거주자(tree - dweller)'로서 초여름이 가져다주는 '헤아릴 수 없는 녹음 속에서(beechen green, and shadows numberless 11. 9)' 여름을 노래한다.

Tis not through envy of thy happy lot,
But being too happy in thine happiness -
That thou, light - winged Dryad of the trees,
In some melodious plot
Of beechen green, and shadows numberless,
Singest of summer is full - throated ease.

이는 너의 행복을 시새워서가 아니라,
오직 너의 행복에 도취되는 나의 벅찬 행복에서
솟는 아픔이란다. 날개 가벼운 나무의 정령인 네가
그 어느 노래 서린 너도밤나무 속의 무수한
그림자 점 박힌 나무 잎사귀 속에서
이처럼 목청 떨쳐 가벼이 여름 노래를 부르고 있거든.
(Ode to a Nightingale, 5 ~ 10)

이와 같이 제2연에서 시인의 이상 추구를 담은 이 시는 크게 두 개의 세계로 대비되어 나타난다. 포도주와 춤과 요정이 사는 아름다운 남국의 세계와 남아 있는 것이라고는 서로의 가슴에 기대어 신음할 수밖에 없는 현실의 세계이다. 현실세계의 고통을 완전히 잊고 싶은 시인이 느끼는 것은 갈증이다. 나이팅게일의 노랫소리는 시인으로 하여금 시원한 지하 창고에서 오랫동안 냉각된 포도주를 떠올리게 한다. 그것은 시인이 그토록 갈망하던 따뜻한 남쪽지방의 춤과 햇빛이 스며 있는 예술작품이다. 그것은 1연의 독삼 또는 아편과는 대조되는 참된 음료이며, 시인이 나이팅게일과 함께 그것을 마시고 아무도 모르게 사라지기를 바라는 마법의 음료이며, 시인에게 영감을 주는 셈이다.

점점 자의식과 인생의 무상함으로부터 멀어지고 싶어 하는 시인은 술의 힘을 빌려 이제 꽃과 숲, 춤이 있고 노래가 있는 남국으로 여행하고자 소망한다.

> Oh, for a draught of vintage that hath been
> Cooled a long age in the deep-delved earth,
> Testing of Flora and the country green,
> Dance, and Provencal song, and sunburnt mirth!
> Oh, for a beaker full of the warm South,
> Full of the true, the blushful Hippocrene,
> With beaded bubbles winking at the brim,
> And purple-stained mouth;

> 오, 한 모금의 포두주가 그렇구나!
> 오랜 세월 동안 깊이 판 땅속에 차게 간직되어
> 플로라와 푸른 전원과 춤과 프로방스의 노래와
> 햇볕에 탄 환락의 향취 감도는
> 따스한 남국의 정취 서리고 진정한 진홍빛
> 히포크린 영천이 넘치는 한 잔 술
> 주둥이엔 자줏빛 물든 큰 잔에 철철 넘치는
> 한 잔 포도주가 그립다.
> (Ode to a Nightingale, 11~18)

이곳은 초기 시인 *Sleep and Poetry*에서의 '꽃과 목가의 여신(**Flora and old Pan**)'과 같은 세계이며, '순간의 세계'라는 속성을 지니고 있는 곳이기도 하다. 즉 초기의 시에서 키츠가 열망했던 '정자'처럼 단지 도피처로 삼는 곳이다. 이러한 시인의 도피적 성향에 대해 딕스테인이 말한 대로, 이곳은 자의식과 현실 생활에서 오는 고통을 피하려는 도피처이므로 어떤 의식의 확장도 있을 수 없다.

It is poetry as a visionary bower for a spirit, a refuge from the pains

of selfhood and actuality, rather than a tragic poetry of self-knowledge
and the widening of consciousness.

그가 말하는 시는 자신의 지식과 의식의 확장으로서의 비극적 시보다는, 자신의
내면과 실제 생활의 고통으로부터의 피난처, 영혼의 가상적 안식처이기 때문이다.
(Dickstein, 207)

앨런 테이트 또한 이 시의 중심 문제를 '이상적인 것과 현실적인
것 사이의 모순'(the central problem of the ode is the 'antony of
the ideal and the real')(Tate, 177)이라고 말한다.

그는 또다시 진정한 행복의 의미가 현실을 수용함으로써 이루어짐
을 잠시 잊고 있다.

That I might drink, and leave the world unseen,
And with thee fade away into the forest dim −

그 술 한 잔 여기 있으면, 내 마음
그를 마시고 이 세상 남몰래 떠나
너와 함께 저기 어두운 숲 속으로 사라지련만!
(Ode to a Nightingale, 19〜20)

이 부분은 가변의 현실세계를 벗어나려는 키츠의 갈망이 강하게
나타난 것이다. 현실세계의 고통을 완전히 잊고 싶은 시인에게 나이
팅게일의 모습은 지침도 열병도 초조도 없는 듯이 느껴진다.

Fade far away, dissolve, and quite forget
What thou among the leaves hast never known
The weariness, the fever, and the fret

멀리 사라져, 녹아져 잊으련다.
잎사귀 속의 너는 정녕 알 리 없는 세상사를.
그 권태와 번민과 초조를 잊으련다.
(Ode to a Nightingale, 21∼23)

인간의 세계는 사람들이 서로 앉아서 서로 신음하는 소리를 듣고 젊은이가 창백하게 죽어 가면, 미인도 내일을 기약할 수 없는, 말하자면 절망이 지배하는 죽음의 세계이다. 제3연에 대해 왈도프는 '인간 경험의 가장 어두운 측면들을 효과적으로 압축시켜 놓았다'고 평하고 그 의미를 이렇게 요약해 놓고 있다.

In stanza 3 Keats expresses so clearly and directly the severest implications of human mutability, and so effectively condenses into a few lines a survey of the darkest aspects of human experience.

제3연에서 키츠는 가변성에 대한 가장 통렬한 암시를 분명하고도 직접적으로 표현하고 있으며, 인간 경험의 가장 어두운 부분들에 대한 개관을 단 몇 행에 효과적으로 압축하고 있다.
(Waldoff, 123∼125)

따라서 현실세계에 대한 깊은 우수에 차 있는 시인은 고통과 질병이 만연한 인간 세상을 떠나 나이팅게일과 함께 어두운 숲 속으로 사라져 버렸으면 한다.

1연 도입부에서 새는 '날개를 단 숲의 요정'이며 'Tree-dweller'로서 숲이 가장 무성한 여름이라는 계절에 가득한 행복감으로 노래 부른다. 시인에게 있어 나이팅게일의 존재는 *Ode to Psyche*에서 언급되었던 '불멸의 여성'이며 요정으로 'bower'와 같은 존재이다. 시인으로 말하자면 숲이 무성한 여름이 암시하듯이 한창때에 이른 남성이다. 그러나 그는 술의 힘을 빌려서 나이팅게일에게 다가갈 수밖에 없는 나약한 존재이다. 프시케에서 보여 주었던 의욕적인 시인의 결심이 아니라 괴롭고 건강하지 못한 상태를 나타내 준다고 하겠다.

키츠가 술을 마시고 나이팅게일의 세계로 찾아들려고 했던 갈망은 그가 벗어나려고 했던 현실세계를 다음과 같이 묘사할 때 그 절정을 이루게 된다.

> Here, where men sit and hear each other groan;
> Where palsy shakes a few, sad, last gray hairs,
> Where youth grows pale, and spectre – thin, and dies;
> Where but to think is to be full of sorrow And leaden – eyed despairs;
> Where Beauty cannot keep her lustrous eyes,
> Or new Love pine at them beyond tomorrow.

> 이곳, 사람들이 앉아 서로의 근심을 들어주는 곳;
> 무기력함이 남은 몇몇의 슬픈 백발의 머리를 흩날리게 하고,
> 생각하는 모든 것은 단지 슬픔으로 가득 찬 게슴츠레한 절망들;
> 아름다움이 자신의 욕정의 눈빛을 유지할 수 없는 곳,
> 그곳에서 태어난 사랑의 소나무는 내일 저 너머에 있다.
> (Ode to a Nightingale, 24~30)

이 연에서는 우리는 비로소 나이팅게일과 시인 간의 상이한 존재 양식을 이해하게 된다. 전자는 이 세상의 '피로와 열병과 초조'를 결코 알지 못하므로 지고의 행복을 누리지만 후자는 전자와의 환상적 합일을 이루어 행복을 구하려하나 그것에 대조되는 "젊은이는 창백하게 되며, 유령처럼 여위어 죽고, 생각만 해도 슬픔과 거슴츠레한

절망으로 가득 찬" 현실을 잘 알고 있기 때문에 그러한 순간적인 행복을 지속시킬 수 없는 것이다. 여기에서의 'Here'는 통렬한 신음소리와 노인들의 쇠잔해짐으로 가득 차 있어 젊음마저 흉한 몰골로 죽어 가는 현실세계이다. 더욱이 아름다움마저도 반짝거리는 눈을 가질 수 없어 사랑조차 지속될 수 없는 그러한 세계이다. 이러한 가변성과 죽음이라는 힘든 상황을 의식하고 그는 고통에 빠질 수밖에 없다. 베이커(J. Baker)는 2연에서의 '태양에 그을린 기쁨(sunburnt joy)'에 빠지려 했던 그의 의도가 여기에서의 'Here'로 묘사된 죽음과 같은 현실세계에 대한 기억 때문에 방해받는다고 설명한다(142). 즉 이것은 술, 노래, 춤 등으로 현실에서 도피하고 싶어 하면서도 진정으로 그것을 떨쳐 버릴 수 없는 시인의 생각을 반영한다. 그리고 바로 이러한 점이 이 송시가 앞으로 나올 다른 송시들에 연결되는 발전의 실질적 출발점임을 말해 주는 것이다.

이제 키츠는 2연에서 현실세계를 벗어나 인간세계의 문제들에 전혀 구속받지 않고 기쁨과 행복이 항상 넘쳐흐르는 나이팅게일의 아름다운 노래가 존재하고 있는 세계를 갈망하고 있다. 그는 상상력을 발휘하여 나이팅게일 노래가 존재하고 있는 세계로 들어간다. 그런데 위에서 술에 의한 시도가 효력이 없음을 느낀 시인은 좀 더 강력한 도구로 느껴지는 시의 힘을 빌린다. 그는 술을 상징하는 '바커스의 수레(Bacchus and his pards)'에 의해서가 아니라 '눈에 보이지 않는 시의 날개(the viewless wings of Poesy)', 즉 시의 영감에 의해서 나이팅게일의 세계로 들어가고자 한다. 그러나 그것을 통한 나이팅게일과의 교합도 종국적으로 실패할 수밖에 없다. 술과 관련되었던 'Hippocrene'이 시를 상징하기도 하기 때문이다. "비록 둔한 두뇌가 얽히고 더디게 한다 할지라도(Though the dull brain perplexes and retards)"라는 구절은 그가 '공상'에 의해 고통과 슬픔의 세상을 넘어서려는 순간에도 인간의 비참한 현실에 대한 '사고'에 의해 계속 각성되고 괴롭힘을 받고 있음을 뜻한다.

Already with thee! Tender is the night,
And haply the Queen-Moon is on her throne
Clustered around by all her starry fays;
But here there is no light,

벌써 너와 함께 있구나! 밤은 그윽하고,
때마침 달님 여왕은 옥좌에 올라 있고,
뭇별 선녀들은 그를 둘러섰도다.
그러나 여기엔 빛이 없다.
(Ode to a Nightingale, 35~38)

여기서 'no light'는 시간상 어두워진 것이라고 생각되는데 '아무 것도 볼 수 없는' 상상력 속의 세계, 즉 나이팅게일의 세계라고도 할 수 있다. 제5연은 실제로 시간이 흘러 어둠 속에 혼자 앉아 있는 키츠를 연상하면서 이어진다.

I cannot see what flowers are at my feet,
Nor what soft incense hangs upon the boughs.
But, in embalmed darkness, guess sweet
Wherewith the seasonable month endows
The grass, the thicket, and the fruit-tree wild;

그리하여 나는 볼 수 없다. 무슨 꽃이
내 발길에 피었고, 그 어떤 부드러운 향기가

저 나뭇가지에 걸렸는지를,
그러나 향긋한 어둠 속에서, 이 계절, 이 달이 주는
향기로운 것들, 풀잎과 덤불과 야생 과일나무를 짐작해 본다.
(Ode to a Nightingale, 41～45)

또한 'balm'은 죽음을 치료하는 것이다. 따라서 '향긋한 어둠
(embalmed darkness)' 속에서 오월의 꽃과 향기를 맡을 수 있음은
제6연에 나오는 '편안한 죽음(easeful death)'을 치료할 만한 의식이
아직 존재하고 있음을 알리는 것이다. 또한 'balm'은 위안물이란 뜻
으로 시인은 '향긋한 어둠'에서 피로와 열병과 초조를 <치유>했다고
볼 수 있다.

시인은 발밑에 무엇이 있는지 분간하기조차 어려운 상황이지만 자
연의 풍요롭고 비옥한 세계가 마치 눈앞에 펼쳐져 있는 것처럼 느끼
는 것이다. 이 부분을 퍼킨스(David Perkins)는 무의식과 의식의 중
간 단계로 보았으며, '감각적인 시각 이상의 것을 보는 상상력의 힘
을 긍정'(107)하는 것이라고 평가하고 있다.

이제 그는 *Sleep and Poetry*에서와 같이 '자아의 짐(burdens of
selfhood)'에서 완전히 해방되고자 하는 강렬한 욕망을 보인다. 죽음
만이 나이팅게일의 영혼과 결합하는 행복감을 느끼게 해 주리라 믿
는 그는 "나는 안락한 죽음과 반쯤 사랑에 빠져 있다(I have been
half in love with easeful Death)"(11. 52)에서 보여 주듯이 죽음에
몰두하게 되며, '고통 없는 죽음'만을 갈망하게 된다.

Now more than ever seems it rich to die,
To cease upon the midnight with no pain,

While thou art pouring forth thy soul abroad
In such an ecstasy.

지금 그 어느 때보다도 풍요롭게 죽을 수 있을 것 같다.
고통 없이 한밤중에 이 숨을 거둘 수 있기에.
그대 예술이 그대의 영혼을 해외에 쏟아붓고 있는 동안
그러한 황홀한 순간에 말이다.
(Ode to a Nightingale, 55~58)

'rich to die'라는 어휘를 사용해 그가 생각하고 있는 죽음은 워서먼(Wasserman)의 말대로 "최후의 지상에서의 강렬함(the last earthly intensity)"이며 "불멸하는 열정의 대안이자 주요한 원천(an alternative and final source of an immorality of passion)"(196)이고 또한 "절정의 행복의 순간(a moment of supreme happiness)"이다. 시인은 무자비한 세상의 시름을 잊은 채 노래하는 그 새의 황홀함에 대해 부러움을 금치 못한다. 그러나 이제 그는 전환점을 맞게 된다.

Still wouldst thou sing, and I have ears in vain −
To thy high requiem become a sod.

여전히 너는 노래하지만 나는 듣지 못하고 −
너의 드높은 진혼가에 나는 한 줌 흙이 되리라.
(Ode to a Nightingale, 59~60)

진정한 죽음에 대한 키츠 자신의 인식이 달라지고 있는 것으로, 이것은 에버트(Walter Evert)의 말대로 이 세상의 짐을 벗어던지고 난 후에 세상의 아름다움마저 잃을 것에 대한 시인의 두려워함이다.

The brutal fact is that escape from the world of mutability entails as a necessary correlative the loss of that same world's beauty.

잔인한 사실은 변덕스러움의 세계로부터의 탈출이 필연적으로 같은 세상에서의 아름다움의 상실을 수반한다는 것이다(Evert, 265).

이와 같이 죽음이란 그 자신을 이 세상과 갈라놓을 수도 있는 요인이라는 사실에 대한 갑작스런 시인의 회상이며, 한편으로는 그가 움직여 간 방향을 인식함으로써 얻게 된 시인의 현실에 대한 직시이다. 따라서 이제 그는 '고통 없는 죽음'이 아니라 '한 줌 흙'이 되어 버리는 인간의 유한성을 받아들임으로써 인간의 현실에 대해 자각한 셈이다.

인간의 현실세계와 나이팅게일의 세계는 상반된 방향, 즉 천국과 지상으로 움직여 나감으로써 완전히 분리되며, 시인은 나이팅게일이 인간의 운명과는 다른 '불멸의 새(immortal bird)'라는 괴리를 깨닫는다.

Thou wast not born for death, immortal bird!
No hungry generations tread thee down;

너 죽으려고 태어나지 않은 불멸의 새여!
그 어떤 굶주린 세대도 너를 짓밟지 못한다;
(Ode to a Nightingale, 61~62)

나이팅게일은 계속해서 인간세계로부터 멀리 움직여 가는데, 그의 노랫소리는 시공을 초월하여 듣게 된다. 처음에는 역사적 과거에 살았던 '황제와 농부'(11. 64)가 그 소리를 들었고 그리고 성경상의 전설적 인물인 '루스(Ruth)'(11. 66)가 들었다. '짓밟다(tread)'라는 말은 꿈이나 비전으로 이끌었던 포도주를 생각나게 한다. 이러한 포도주는 결국은 포도 짜는 기구에 의해 '짓밟히게' 되는 죽음을 느끼게 한다. 남편이 죽은 후 시어머니를 모시고 열심히 살았던 루스, 그녀의 눈물은 현실의 시련을 이기고 인내하는, 그래서 보상받게 되는 인간을 상징한다. 이러한 모든 것들에서 돌아섰을 때 시인에게는 '쓸쓸함'이라는 회한의 탄식이 있을 뿐이다.

> Forlorn! The very word is like a bell
> To toll me back from thee to my sole self!
> Adieu! The fancy cannot cheat so well
> As she is famed to do, deceiving elf.
>
> 쓸쓸하다! 이 한마디의 낱말은 종처럼
> 네게서 불러내어 나 자신으로 돌아오게 하는구나!
> 안녕! 공상이란 사람을 속이는 요정이라고 하지만
> 그 말이 헛됨을 이제 알았노라.
> (Ode to a Nightingale, 71~74)

'쓸쓸함이여!(Forlorn!)'는 교회의 조종처럼 시인의 '자아'(my sole self)를 새에 대한 몰입으로부터 벗어나게 한다. 새에게 몰입하려던 그의 자아는 실패하고 '공상'은 '잘 속이는 요정'으로 파악된다. 이제 나이팅게일의 노랫소리는 한정되고 가변적인 인간의 소리와는 다른 '슬픈 곡조의 노래(plaintive anthem)'가 되어 멀리 강과 들을 건너 골짜기에 묻힌다. 그러나 여기에서 아직도 현실의 완전한 수락이 지연되고 있다. 시인은 현실의 고통이 피할 수 없는 것이라 깨닫지만 환상이 가져다주었던 상황의 매력을 떨쳐 버리지 못한다. 이처럼 키츠는 강렬한 감각적 괘락 속에서 '온갖 불화의 요소를 증발시켜'(Letters, 277) 그것이 승화되기를 소망했으나, 그를 끝까지 따라다녔던 문제는 미적 사물(나이팅게일)이 주는 행복감에 잇달아 발생하는 고통, 미적 사물이 주는 것에 대조되는 것들이 부정된 채 향유되었을 때 느끼게 되는 불완전성 등 초극될 수 없는 것들이었다.

Was it a vision, or a waking dream?
Fled is that music. …… Do I wake or sleep?

이것이 환상이냐, 아니면 백일몽이냐?
그 음악은 사라졌다. …… 나 지금 깨어 있는가, 잠들었는가?
(Ode to a Nightingale, 79~80)

시인은 꿈에서 막 깨어난 사람처럼 새의 노랫소리가 사라져 버린 것에 대해 의문을 제기한다. 이처럼 비전으로 보이던 것이 사라져 버려 아무것도 아닌 것이 되었을 때를 시인이 현실로 되돌아온 것이라고 볼 때, 그가 여기서 부딪혀야 할 시련과 고통 또한 작은 것은 결코 아니다. 마지막 두 구절은 그가 자아와 마주치는 데서 오는 두려움을 없애려 함이라고 볼 수도 있다. 이러한 불확실한 상태는 첫 연에서의 '졸음이 오는(drowsy)'의 상태로 되돌아오는 듯하나, 실제로는 더욱 깊이 현실에 관여하게 된 그의 자아를 읽을 수 있다. 지금까지의 인간의 고통, 고독, 죽음, 노쇠 등으로부터의 도피의식에 대한 그리고 새라는 객체에의 지나친 몰입으로 인한 좌절감 등에 대한 시인의 결론은, 블룸의 말처럼 "비전의 세계로의 갈망은 실패로 끝나게 되며 오직 되풀이되는 것은 혼돈 상태에 대한 의문"(412)뿐이라는 것이다. '안락한 죽음(easeful death)'으로 깊어가던 현실 도피적 자아몰입의 상태는 시인으로 하여금 새와 자신의 정체를 파악하게 하여 오히려 '유일한 자아(sole self)'로 되돌아오게 함으로써 '현실의 삶'으로 귀의케 한다.14) 이와 같이 키츠는 현실 속에서 다시 한 번 나이팅게일을 통해 도피를 꿈꿈으로써 보다 깊이 현실에 밀착된다.

브룩스(Brooks)가 '돌에 새겨진 시(A Poem in stone)'라고 말한 "그리스 항아리의 노래"는 앞의 "프시케의 노래"와 "나이팅게일의 노래"에서 보였던 삶의 현실 속에 공존한다고 볼 수 있는 슬픔이나 고통, 죽음과 영원성에 대한 문제를 다음에 이어질 시 "우울함의 노래"와 "가을에게"에 연결시키는 역할을 한다. 본래 키츠는 희랍 신화에 대한 관심을 가지고 있었으며 이러한 희랍 신화에 대한 관심과 자연에 대한 미적 사고가 그의 문학을 발전시킨 원동력이었다. 그는 또한 시적 영감을 얻기 위해 영국 박물관에 가끔씩 가곤 하였는데, "그리스 항아리의 노래"는 그가 그곳에서 희랍시대 도자기들을 감상하다가 상상력의 힘으로 이루어 낸 종합물로, 대부분의 그의 시처럼 인간적인 것과 천상적인 것, 가변적인 것과 본질적인 것의 상반된 개념을 드러낸다. 또한 이 시는 여러 학자들에 의해 "나이팅게일의 노래"와 유사한 점을 포함하고 있다고 지적되어 왔다.15) 나이팅게일과 마찬가지로 희랍항아리는 상대적으로 시간에서 벗어나 있으며 시

---

14) Meg Harris Williams는 이 부분을 시인이 'life of actuality'로 되돌아와 그 다음에 자신에게 무슨 일이 일어났는지를 이해하려는 부분이라고 해석하면서, 이 시에서 가장 아름다운 부분이라고 평한다. Meg Harris Williams, Inspiration in Milton and Keats(London: The Macmillan Press Ltd, 1982), p.148.

15) 양자의 표면적 차이를 설명하는 학자도 있고(Walter Jackson Bate, p.562), 의식의 관점에서 본 차이를 지적하는 학자도 있다(Morris Dickstein, p.221).

인은 그것의 아름다움과 영원성에 대해 묵상한다.

　여기에서 키츠는 관찰자이면서 새로운 신화를 창조해 내는 인물이다. 나체의 소년과 젊은 연인들, 사제, 제물이 될 양 그리고 정적에 둘러싸여 있는 마음의 모습들, 이러한 모든 것들이 하나의 항아리의 모습으로 비친다. 첫 연에서 항아리는 '정적의 신부'이면서 우리에게 메시지를 전달하는 '전원의 역사가'이다. 시인은 인간 필멸의 운명을 말해 주기 위해서인지 조용히 묵상하고 있다.

　　Thou still unravished bride of quietness,
　　Thou foster - child of silence and slow time,
　　Sylvan historian, who canst thus express
　　A flowery tale more sweetly than our rhyme!

　　너 아직도 고요한 순결의 신부여,
　　너 침묵과 느린 시간의 양자여,
　　우리의 가락보다 더 아름답게 꽃다운 이야기를
　　이처럼 들려줄 수 있는 숲의 역사가여.
　　(Ode on a Grecian Urn, 1 - 4)

　처음 2행은 이 연의 바탕이며 전 시의 근원인 격렬한 대조를 제시한다. 완전하고 불변하는 항아리와 거기에 조각된 동적인 행동과의 대조를 전제하고 있는 것이다. 특히 이 첫 행에서 보여 주는 '황홀하지 않은 신부'라는 말은 모순된 단어의 나열로 이루어진 것으로, 이것은 단순히 상반된 의미의 경구가 한 단어에 덧붙여지는 것이 아니라 서로 상반되는 것들이 모순적으로 배합되어 신비스러움을 나타내며 뒤에 숨은 동기까지 드러낸다. 이것은 상반된 특질을 포용함을 의미하며, 모든 것을 포용하는 정신적 성장을 구현한 프시케와도 일맥상통한다고 볼 수 있다. 오랜 세월 동안 묵묵히 인간의 역사와 함께해 온 '전원의 역사가'인 항아리는 기록자로서, 전달자로서 인간보다 더 아름다운 숲의 노래를 들려줄 수 있다. 여기에서의 역사는 이 표현 그대로 '꽃들의 이야기(flowery tale)'를 이르는 것으로, '아카디(Arcady)' 계곡의 신과 인간, 열정으로 들뜬(mad pursuit) 연인들과 '그들의 노래(pipes and timbrels)' 그리고 '환희(ecstasy)'에 관한 이야기를 의미한다. 즉 그 항아리는 '손과 정신적 이미지를 형성하는 합일체(the union of shaping hands and mental Image'(Baker, 168)이다. 브룩스는 이와 같이 말한다.

시인의 경탄은 다음 연에서도 계속된다.

Heard melodies are sweet, but those unheard
Are sweeter; therefore, ye soft pipes, play on;
Not to the sensual ear, but, more endeared,
Pipe to the spirit ditties of no tone.

들리는 멜로디는 달콤하다. 그러나 들리지 않는 멜로디는
더 달콤하다; 그러므로 그대 부드러운 파이프여, 연주하라;
감각적 귀가 아닌, 더욱 사랑스러운 귀에 대고,
아무런 가락이 없는 정신의 소가곡을 연주하라.
(Ode on a Grecian Urn, 11~14)

여기에서의 멜로디는 비록 들리지는 않으나 사람들의 모습과 피리 부는 소년의 모습에서 상상력의 힘으로 들리는 듯하게 된다. 그것은

'감각적 귀(sensual ear)'에는 들리지 않는 예술의 소리이다. 이에 대해 상상력이 정신세계에 호소함으로써 그 소리가 더욱 달콤하게 들릴 수 있다고 말하는 퍼킨스는 그 까닭을 다음과 같이 풀이한다.

> The Urn, it is said, can express a tale, and it can speak "more sweetly" precisely because it is silent and does not embarrass or interrupt the imagination: with its "unheard" melodies it communicates "not do the ear" but by simply suggesting to the aroused imagination.
>
> 그 항아리는 하나의 이야기를 표현한다고 말해진다. 그것은 더욱 달콤하고 정확하게 말할 수 있다. 왜냐하면 그것은 침묵하며 상상력을 당혹스럽게 하거나 가로막지 않기 때문이다: 그 항아리의 들리지 않는 멜로디로 그것은 대화한다. '귀에 대고 하지 않고' 불러일으켜진 상상력에 단순히 제안함으로써.
> (Perkins, 234)

반면 브룩스는 '그대 부드러운 파이프(ye soft pipes)'라는 구절에 대한 다음과 같은 해석으로 '사실적 근간(realistic basis)'를 더욱 향상시킨다.

> By characterizing the pipe as 'soft' the poet has provided a sort of realistic basis for his metaphor: the pipes, it is suggested, are playing very softly; if we listen carefully, we can hear them; their music is just below the threshold of normal sound.
>
> 파이프를 부드러운 것으로 특징지음으로써 시인은 자신의 은유에 사실적 근간을 제공해 왔다: 제시하고 있듯이, 파이프는 매우 부드럽게 연주한다; 만일 우리가 주의 깊게 듣는다면, 우리는 그것들을 들을 수 있다; 그들의 음악은 평범한 소리의 시작에 불과하다(Brooks, 429).

시인은 '곡조 없는 소가곡'이 그렇듯이, 그 항아리의 연인들의 사랑도 영원히 닿을 수 없다는("Bold lover, never, never thou canst kiss,/ Though winning near the goal" 11. 17~18) 것이다. 영원한 예술의 속성을 관조한 후 시인은 이러한 연인들의 쫓고 쫓기는 사랑은 정체된 현재일 뿐 인간적 사랑은 아님을 알게 된다.16) 그는 '행복한 사랑(happy love)'을 반복하여 외친다.

More happy love, more happy, happy love!
For ever warm and still to be enjoyed,
For ever panting, and for ever young —
All breathing human passion far above,
That leaves a heart high – sorrowful and cloyed,
A burning forehead, and a parching tongue.

더욱더 행복한 사랑이여, 더욱 더욱 행복한 사랑이여!
영원히 따뜻하며 영원히 즐기며
영원히 가슴 조이며, 영원히 늙지 않는 —
목숨을 가진 사람의 정욕이 미치지 않는 곳,
그것은 심장에 격앙된 슬픔과 싫증을,
타오르는 이마와, 바싹 마른 혀를 남길 뿐이다.
(Ode on a Grecian Urn, 25~30)

'숨 쉬는 인간의 열정'은 항아리에 깃들어 있는 영원함이라는 속성과 같은 '이상적(far above)' 사랑과는 다르다. 인간의 사랑은 가슴이 아프며 싫증 나 버리는 욕망의 불길에서 헤어나지 못하는 것으로 묘사된다. 또한 '행복한'이라는 감탄사가 중복되는 것은 "행복하

---

16) Morris Dickstein은 이러한 점을 Knneth Burke가 말한 '영원한 현재(eternal present)'로 표현한다. p.224.

지 않은 인간세계의 그것과는 반대되는 것, 즉 인간의 불행한 필멸적 본성"(Wasserman, 23)에서 기인한다고 볼 수 있다.

키츠는 살아 움직이는 인간의 '숨 쉬는 인간 열정'과 살아 있지 않지만 영속하는 아름다운 예술품에 묘사되어 있는 사랑을 대조시킨다. 그는 허스트의 말대로 이 시에서 "생명력 없는 영원불멸한 삶과 유한한 삶이라는 상반된 면을 병행시키고 있다."(Hirst, 129) 그것은 예술 세계 속에서 누리는 영원한 자연, 영원한 노래, 영원한 사랑이 있는, 즉 시인이 꿈꾸는 이상세계를 말한 것으로, 워서먼은 다음과 같이 해석한다.

> Happiness, then is no cheap gaiety, but the opposite of the weariness, the fever, and the fret that are the inherent of the unhappy mortal world.
>
> 행복 그것은 값싼 기쁨이 아닌, 행복하지 않은 인간세계에 처음부터 있었던 피로, 열병, 초조와는 반대되는 것이다.
> (Wasserman, 23)

'호흡하는(breathing)'과 '두근거리는(panting)'으로 묘사되는 현실의 삶에서의 고통스러움이 영원세계의 속성과 엇갈리면서 시인은 영원불멸한 예술 세계에 대해 향수와 같은 감정을 느낀다. 영원불멸한 세계에 대한 그의 행복감은 상상력을 통한 자신과 항아리의 동일시에서 비롯되는 것일 수도 있다. 그러나 이 시점에서 시인은 그러한 영원불멸의 세계가 과연 행복할까라는 의문을 갖게 된다. 베이커는 여기에서의 키츠의 목적이 오히려 "불멸성이 과연 얼마나 축복받을 만한 것인가"를 묻는 데 있다고 말하면서, 영원의 세계를 감옥과 같은 세계라고까지 표현한다(Baker, 177~78).

이 연에서 시인은 사라지지 않는 행복감이라는 주제를 되풀이하면서도 영원한 세계는 차갑고 고정되어 있을 뿐이라는 그 주제 속에 함축되어 있는 아이러니를 상기시킨다. 즉 고정되고 냉담한 영원함의 세계에 사는 연인들은 부러워할 만한 대상이 아니라 오히려 '곡조 없는 가락'의 슬픔만을 느끼게 할 뿐이다. 이것은 시인이 결코 현실을 떨쳐 버릴 수 없음을 의미한다.

'푸른 재단(green alter)'으로 제사 드리러 가기 위해 '작은 마을(little town)'을 비워둔 채 행렬은 계속되지만 누구를 위한 제사이며, 제사 드리러 가는 사람들이 누구이며, 그들이 떠나온 마을이 어느 곳에 위치하는지에 대해 전혀 묻지 않는 채로 계속된다.

Who are these coming to the sacrifice?
To what green alter, O mysterious priest,
Lead'st thou that heifer lowing at the skies,
And all her silken flanks with garlands drest?

이렇게 제사에 오는 이들은 누구인가?
오 신비스러운 제사장이여! 어느 푸른 제단으로
하늘을 향하여 우는, 비단결 옆구리에
꽃다발을 두른 송아지를 이끌고 가느냐?
(Ode on a Grecian Urn, 31~34)

항아리는 한마디로 대답을 해 줄 수 없는 애매모호함만을 풍기며, 마을은 '텅 비어(emptied)', '조용한(silent)' 채로 공허하게 남아 있게 된다. 이러한 초월적 분위기는 일종의 종교적 행렬이기 때문에도 파생되는 것으로, 다시 적막한 마을을 보며 그는 명상에 잠긴다.

What little town by river or sea shore,
Or mountain – built with peaceful citadel,
Is emptied of this folk, this pious morn?
And, little town, thy streets for evermore
Will silent be: and not a soul to tell
Why thou art desolate can e'er return.

강가 아니면 바닷가의 어느 마을
혹은 평화로운 성체가 있는 산 위의
작은 마을이 이 경건한 아침
사람들이 없이 텅 비어 있느냐?
작은 마을이여, 너의 거리는 영원히 조용하리라.
그 누구도 돌아와 네 그리 쓸쓸한 사연을 말하지 않으리.
(Ode on a Grecian Urn, 35~40)

더글러스 부시(Douglas Bush)에 의해 "이 시에서 가장 아름다운 부분이며 키츠 최고의 성과의 한 부분"(140)이라고까지 격찬받는 이 부분에서 시인은 서글픔마저 느끼며 옛 도시의 적막함을 그리고 있다. 시인이 제사의 행렬에서 눈을 돌려 '조그마한 마을'에 주목함으로써 항아리가 인간의 삶과 동떨어져 있다는 보다 강렬한 인상을 줄 수 있다. 마을은 '사람들이 텅 빈', '황폐한' 곳이어서 인간적 삶이 없는 장소이다. 그리고 항아리의 인물들은 고정성(fixity) 속에서 영원하지만 그 고정성 때문에 자신들의 마을로 돌아오지 못하는 비현실적인 사람들이기도 하다. 텅 비어 버리고, 고요한, 황량하기까지 한 이 조그마한 마을의 모습은 "나이팅게일의 노래"의 '쓸쓸한 공상의 땅(fairy lands forlorn)'과 거의 흡사한 것으로, 이러한 장면들이 제시하는 결국의 의미는 현실에 대한 각성이다.

이제 새로운 자각과 더불어 항아리의 세계에서 현실로 되돌아오는 키츠를 대하게 된다.

> O Attic shape! Fair attitude! With brede
> Of marble men and maidens overwrought,
> With forest branches and the trodden weed —
> Thou, silent form, dost tease us out of thought
> As doth eternity. Cold pastoral!

> 아티카의 형상이여! 아름다운 자태여!
> 숲의 나뭇가지와 짓밟힌 잡초로 온통 수놓은
> 대리석의 남자와 처녀들의 모습
> 너 침묵의 모습이여! 너는 영원처럼 생각이 미치지 못하게 하여
> 우리를 애타게 하는구나. 차가운 목가여!
> (Ode on a Grecian Urn, 41〜45)

처음부터 그는 '오 아티카의 형제여!'라고 부르며 항아리의 비인간적 속성을 강조한다. 현실로 돌아와 바라본 항아리에 새겨진 연인들은 '대리석의 남자와 처녀들'에 불과하다. 영원함의 속성이 그렇듯이 잠시 시인은 현실에서 벗어나 있었으나 그 세계가 반드시 좋은 것만은 아니라는 것을 깨닫고 현실의 역사에 다시 귀착한다. 예술품으로서의 항아리는 인간에게 즐거움과 위안을 주기는 하나 현실로부터의 도피처는 될 수 없다. 스틸린저(Stillinger)는 다음과 같이 언급한다.

> Like the nightingale, it has offered a tentative ideal — momentarily 'teasing' the speaker 'out of thought' — but has also led the speaker to understand the shortcoming of the ideal.

나이팅게일처럼, 그 시는 잠정적 이상을 제공해 왔다 – 화자가 '사색하지 못하게' 순간적으로 '성가시게' 한다 – 그러나 또한 화자가 이상의 단점을 이해하도록 이끈다(108).

이 시에서 가장 중심적 역설(paradox)인 '차가운 전원(cold pastoral)'이라는 표현에 주목해 본다. 생명이 없는 차가운 느낌만을 주는 항아리이지만, 그 안에 구현된 아카디의 '꽃의 이야기(flowery tales)'라는 자연의 속성은 따뜻함이 함께함을 알 수 있다. 예술이라는 면에서 따뜻함을 보존할 수도 있지만 현실 속의 항아리는 하나의 항아리에 지나지 않는다는 사실을 시인이 자각하고 있는 것이다. 앞으로도 오랜 세월 인간의 친구로 남아 있을 항아리는 이 땅 위에서 아는 전부를 그리고 알아야 할 전부를 우리에게 이야기해 준다.

'Beauty is truth, truth beauty' – that is all
Ye know on earth, and all ye need to know.

'미는 진리요, 진리는 미다.' – 그대들이 이 세상에서
알아둘 것은 이것뿐이요,
그대들이 알 필요가 있는 것 또한 이것뿐이다.
(Ode on a Grecian Urn, 49∼50)

이 두 구절17)은 오랜 세월 동안 수많은 양상으로 설명되어 왔다.

---

17) 미와 진리를 동일시하는 이 시의 결구는 비평가들의 의문을 야기하였다. Bowra는 진리가 실재를 뜻한다고 간주하여 이 결구가 인생의 완전한 철학에서 나온 것이 아니라 단순한 예술의 이론임을 지적했다. 그래서 결구의 교훈이 적절한 한계를 넘지 말도록 당부한다. 한편 Burke는 진리를 지식 혹은 과학으로, 미를 예술 혹은 시로 여기고 시와 그것의 유용성, 즉 심미적인 것과 실용적인 것의 관계를 강조하거나, 키츠가 모순이라는 지상적 법칙이 효력을 발휘하지 못하는 초월적 차원을 설정하여 미와 진리를 합일시키려 한다고 주장한다. 이 두 학자는 키츠가 아름다운 사물의 사랑을 통해 초월적 이상세계를 염원했다고 말하고 있다. Maurice Bowra, *The Romantic Imagination*(London: Oxford University Press, 1980), p.108.

이러한 '미'와 '진리'의 연관성에 대해 그는 1817년 11월 22일의 베일리에게 보낸 편지에서 '상상력의 힘이 미로 파악한 것을 진리로' 받아들인다고 서술하고 있다.

> What the imagination seizes as Beauty must be truth – whether if existed before or not – for I have the same idea of all our Passions as of live they are all in their sublime, creative of essential Beauty.

> 상상력이 미로 포착하는 것은 진리임에 틀림없다. – 이전에 존재했거나 그렇지 않은 간에 – 그런 까닭에 만약 우리의 '모든 열정'이 최고조에 머물 때 '본질적인 미'를 창조한다(Letters, 67).

이렇게 말하는 키츠의 진리는 '일관된 이성'에 의해 얻어지는 것이 아니라 오히려 자아를 반영하지 않은 '부정적 수용능력(Negative Capability)'의 상태에서, 어떤 사물의 정수(essence)를 꿰뚫어 볼 수 있어야만 얻을 수 있는 결과이다. '정수로의 관통(penetration into essence)'이 곧 미를 획득하는 길인 것이다. 이러한 해석은 이 시의 의도가 최상의 형태로서의 지혜의 원천을 예술로 삼는 것에 있는 것이라고 보는 것으로, 그 항아리가 단순히 현상적 견지에서 생존하는 것이 아니라 지혜의 본질적 부분을 형성하는 역사적 상상력의 일부로 생존한다는 것을 의미한다. 월도프는 이것을 '내면화(internalization)의 과정'으로 해석한다.

> The Urn will survive not simply in a physical sense, but as a part of

---

Kenneth Burk, "Symbolic Action in a Poem by Keats", *John Keats: Odes*, ed. G. S. Fraser(London: The Macmillan Press Ltd., 1971), p.120.

the historical imagination, forming an essential part of the collective wisdom of mankind. ...... poet's relationship with the Urn and the inner object of which it is symbolic.

그 항아리는 단순히 물리적 견지에서 생존하는 것이 아니라, 역사적 상상력의 한 부분으로 생존할 것이다. 인류의 집단적 지혜의 본질적 부분을 형성하면서 ...... 그 항아리와 시인의 관계 그리고 그것의 내면적 대상은 상징적이다(Waldoff, 144).

이제 그는 항아리를 통해 영원함의 세계의 한계를 인식하게 된 것이며, 이로써 유한함을 지닌 인간존재는 항아리라는 예술품과 객관적인 거리를 유지할 수 있게 된다. 결국 시인이 영원함을 갈망하면서 항아리를 통해 잠시 동안 현실에서 도피했던 사실조차, 그가 차가운 예술 세계에서 느꼈던 절망감만을 느끼게 할 뿐이다.

"나이팅게일의 노래"와 "고대 유리항아리의 노래"는 내용상 앞의 시와 뒤에 발전되는 두 송시들을 연결시키는 중간 역할을 한다. 이 두 시에서는 키츠가 '미'와 '영원성'의 상징인 나이팅게일과 항아리에의 몰입을 통해 현실세계에서 겪게 되는 고통, 고독, 죽음, 노쇠 등으로부터 도피를 꿈꾸지만, 그의 그러한 갈망이 실패로 끝나게 되고, 이러한 실패를 통해 시인이 도달하게 되는 진정한 깨달음에 대해 살펴보았다. 시인은 나이팅게일이나 항아리의 세계를 통해 영원하지만 인간적 숨결이 결여되어 있는 비전의 세계보다는 고통과 번민으로 가득 차 있는 현실세계가 훨씬 더 생동감과 활력이 있다는 사실을 인식하게 된다.

4. 수용과 결실 그리고 진정한 자유:
Ode on Melancholy, To Autumn

Ode on Melancholy(우울함의 노래)에서는 아름다움과 슬픔의 관계를 다루고 있다. 세속적인 아름다움은 '아침장미', '풍요롭고 원숙하게 훤히 핀 작약', '여인의 비할 바 없이 아름다운 눈' 등으로 인생의 여러 면에서 보인다. 그러나 우울의 근원은 그것들의 무상함을 인지하는 데 있다. 하지만 그것들의 아름다움의 강도는 적어도 순간적인 즐거움과 기쁨을 준다. 키츠의 충고는 강렬하게 감지되는 아름다운 순간들을 그것의 무상함을 인식함으로써 더욱더 귀중하기 때문에 향유하고 즐기라는 것이다. 다시 말해서 순간적인 쾌락이나 환희는 사라지기 쉽고 행복 또한 그 정점에 이르면 그 가치가 변모한다는 진리를 보여 주며 고통과 우울과 기쁨과 미는 깊이 밀착되어 있음을 보여 준다.

키츠 사상 연구의 가장 좋은 출발점이 되는 *Ode on Melancholy*[18]는 그가 자신의 성향들을 화합하고 설명하려 한 가장 완벽한 시도라고 말해진다. 이 시에서는 그는 자신의 처지의 불행에 치우치거나 감상적 애련에 빠져들기보다는, 현실 속에서 좌절감과 슬픔이 기쁨

---

18) 또한 앞에서 분석한 송시들에 대한 키츠의 깨달음이 이 시에 집약되어 있다. 인생을 있는 그대로 받아들이고 모순된 현실 배후에 숨은 질서를 발견하려는 창조적 시인에게는 이러한 깨달음은 없어서는 안 될 지혜이다. 이것은 키츠가 여러 창작 경험을 바탕으로 획득한 것인데 첫째, 환상에 자신을 맡기는 것을 거부하는 마음의 회의적 구조, 둘째, 당시에 발표된 서정시 및 설화 시에서 이루어진 환상적 경험의 분석, 셋째, 주관적 도피를 구하는 것이 가치가 없다는 의혹을 낳게 한 도덕적 관심 등을 포함한다. 그렇기 때문에 이 시에서는 '나이팅게일의 노래'에서 시인이 갈망했던 술과 죽음이 처음부터 거론된다.(David Perkins, p.86 참조).

에 이르는 성숙한 일면을 보여 준다. 이 시는 또한 미와 일시성이 필연적으로 내포하는 우수와의 상징적 관계를 제시해 주며, 그는 여기에서 즐거움과 고통, 기쁨과 슬픔, 일시성과 영원성을 우수와 더불어 강렬하게 경험한다. 따라서 이 시는 우수라는 이미지가 전형적으로 주는 도피의식과 좌절감에 빠져 허우적거리는 '침울한 사랑(love of gloom)'(Pettet, 298)을 그린 것이 아니라, 딕스테인의 말대로 '삶에 대한 약속(a promise of life)'을 그린 것으로 파악함이 옳을 듯하다.

> Keats no longer seeks passive dissolution, freedom from the flux and tension of actuality ······ The ode tells the story of that commitment and acceptance, of the finitude that is not 'a curse on life' but rather 'a promise of life.'

> 키츠는 더 이상 변화와 현실적인 긴장으로부터 소극적인 회피와 자유를 구하지 않는다. ······ 이 시는 헌신과 수용과 '생에 대한 저주'라기보다는, '생에 대한 약속'에 대한 이야기를 하고 있다(231).

내용이 진행되어 감에 따라 두 사람의 화자를 대하게 되는데, 첫 연에서 '레테(Lethe)'로 가지 말 것을 타이르는 듯한 강하던 목소리가 시간이 지날수록 키츠 자신의 다른 자아의 목소리로 나타나게 됨을 듣게 된다. 첫 연에서부터 시인은 인생이 고통스러울 때 사람들이 의존하기 쉬운 것들을, '늑대의 독(wolf's bane)', '밤 그림자(night shade)', '프로세핀(proserpine)', '주목의 열매들(yew-berries)', '빈 틈없는 부엉이(downy owl)' 등의 위험성을 내포하는 어휘들로 제시한다. 그는 온갖 절망으로부터 벗어나기 위해 죽음을 갈망할 수도 있으므로 이것들을 멀리해야 함을 경고하고 있다. 즉 이것들은 마취제

이거나 독이므로 진정한 현실경험을 환각적 마비 속으로 녹여 버리는 기능을 가지고 있다. 그는 이러한 사실을 깨닫고 있었기 때문에 우수 자체에 저항을 하지 말고 우수가 자극하는 인간적 유혹에 저항하기를 권한다.

No, no, go not to Lethe, neither twist
Wolf's‐bane, tight‐rooted, for its poisonous wine;
Nor suffer thy pale forehead to be kissed
By nightshade, ruby grape of Proserpine:

절대, 절대로 망각의 강으로 가지 말라 또한 비틀지 말라.
독주를 구하려 깊이 뿌리박힌 지아비 꽃을;
너의 창백한 이마가, 포르세피나의 붉은 포도인
가마중 독초와 입 맞추게 하지 말라.
(Ode on Melancholy, 1～4)

이것들은 또한 "나이팅게일의 노래"에서 '독약(hemlock)', '마취제(opiate)', '레테(Lethe)' 등의 어휘들을 통해 알 수 있었던 몽환의 상태에 빠져 있는 시인을 회고하게 한다. 그러나 여기에서 죽음을 나타내는 어휘들은 강력한 어조로 부인된다. '독(poison)'만큼이나 위험한 것, 그것은 거의 죽음이나 망각을 상징하는 이미지로 슬픔의 극한 상태를 보이는 것이다. 그리고 이렇게 의식이 몽롱한 상태는 시인이 기쁨과 우울함이 공존한다는 것을 이해하지 못하기 때문이다. 계속해서 시인은 슬픔, 고통 등의 '깨어난 분노(wakeful anguish)'를 방해하는 '그림자(shade)'에 대해 경고를 한다.

For shade to shade will come too drowsily,

And drown the wakeful anguish of the soul

왜냐하면 그늘이 그늘에게로 너무 졸리게 찾아와
영혼의 깨어 있는 고뇌를 빠뜨려 죽이기에.
(Ode on Melancholy, 9~10)

　도피나 좌절감에 빠져 죽음만을 생각하는 것, 이것은 영혼이 '깨어
난 분노'를 받아들이거나 경험하지 못하도록 방해하기 때문이다. 현
실을 살아가는 인간에게 고통, 슬픔, 우울함 등은 언제나 그림자와 같
이 함께 존재하는 것이므로, 잠을 이룰 수 없는 고통조차 우리는 인
정해야만 한다. 그리고 이렇게 함으로써만이 그것이 거역할 수 없는
삶의 과정이라는 인식에 도달하게 된다. 메이헤드의 표현대로 시인이
'존재에 대한 비뚤어진 생각(perverse view of existence)'(Mayhead,
16)을 받아들여 삶에 철저하게 깨어 있으려는 의욕을 보이고 있는
것임을 알 수 있다.
　진정한 슬픔이란 예기치 않은 상황에서 갑자기 찾아오는 것이며,
우울함과 슬픔은 희열과 기쁨 속에 공존한다는 이러한 본질을 시인
은 우수를 의인화함으로써 제시한다.

But when the melancholy fit shall fall
Sudden from heaven like a weeping cloud,
That fosters the droop-headed flowers all,
And hides the green hill in an April should;

그러나 우울의 소나기는 구름의
눈물인 양 하늘에서 갑자기 떨어지고
모든 고개 숙인 꽃들을 기르고

4월의 수의로 푸른 언덕을 감싼다.
(Ode on Melancholy, 11 ~ 14)

갑자기 쏟아져 내리는 '구름의 눈물과 같이' 슬픔 또한 인간에게
예고 없이 찾아오는 '소나기'의 존재이다. 그러나 이 비는 '고개 수
그린 꽃들'을 적셔 주는 동시에 동산을 '4월의 수의'로 감싸 주는 존
재이기도 하다. 다시 말해 시인은 '울부짖는', '축 처진'과 '수의' 등
의 이미지를 사용하여 죽음과 같은 장례식의 분위기를 제시하며, 동
시에 마치 4월의 소나기가 지쳐 버린 꽃들에게 생기를 불어넣어 주
듯이 소생의 효과를 제시한다. 그는 죽음을 상징하는 교묘하게 표현
된 이미지들을 사용하여 역설적으로 꽃들을 신선한 생명력이 넘치는
4월의 신록으로 변화시킴으로써, 우수의 의미를 더욱 포괄적으로 제
시한다. 지상은 '슬픔'으로 가득 차 있다. 이제 슬픔은 '아침 장미',
'짠 모래밭의 무지개' 또한 '둥근 작약의 무리', '연인의 부드러운
손'과 '더할 나위 없는 눈' 등의 활력과 생동감과 환희에 찬 표현들
속에 있으며, 시인은 그러한 슬픔을 강렬하게 맛볼 때 자연물이나
연인에게서 아름다움을 발견하는 기쁨 또한 느낄 수 있다고 본다.

　　Then glut thy sorrow on a morning rose,
　　Or on the rainbow of the salt - sand wave,
　　Or on the wealth of globed peonies;
　　Or if thy mistress some rich anger shows
　　Imprison her soft hand, and let her rave,
　　And feed deep, deep upon her peerless eyes.

　　그리고 아침 장미에 그대의 슬픔을 삼켜라.
　　아니면 짠 모래 물결의 무지개에서

아니면 둥근 작약의 무리에서
아니면 그대의 연인이 심하게 화나 있을 때
그녀의 부드러운 손을 움켜잡고, 그녀를 격노케 하라.
그리고 그녀의 비할 데 없는 눈을 더 깊이 바라보며 즐겨라.
(Ode on Melancholy, 15~20)

이렇듯 슬픔은 아름다움을 아름다움은 슬픔을 돋보이게 하는 것이며, '우울함의 노래'에 의해 일어나는 강렬한 슬픔은 이처럼 아름다움을 동반하는 것이다. 이러한 아름다움은 사라지기는 하지만 다시 태어나는 순환적 아름다움이다. 특히 'Soul-making'의 결과로 얻어지는 아름다움에 대한 그의 견해는 샤프(Sharp)의 다음 언급과 같이 현실에 대한 새로운 시각을 갖도록 하여 인생을 아름다운 것으로 받아들이도록 한다.

> The Principle of beauty may exist "in all things", even suffering, but only by seeing life in a totally humanized perspective - and experiencing it intensely, including its sorrows - can one see it a beautiful. If there is any value that attaches to ant other kind of beauty: it binds us to the earth, it makes us say yes to life.

> 미의 원칙은 '만물에' 존재할지도 모른다. 고통마저도, 그러나 인생을 전적으로 인간적 관점에서만 바라본다면 - 슬픔을 포함해, 인생을 강렬하게 바라보는 것은 누군가로 하여금 아름다움을 보게 한다. 또 다른 종류의 미에 마음이 닿을 수 있는 그 어떠한 가치가 있다면: 그것은 우리가 지상에 발을 내딛게 해 준다. 그것은 우리가 인생에 대해, 그렇다고 수긍하게 해 준다(54).

이와 같이 시인은 이 세상에서 슬픔을 강렬하게 경험함으로써 비로소 아름다움을 느끼고 인생을 수긍하게 된다. 아름다움과 슬픔은 이처럼 공존하며 이때에만 진정한 삶의 의미를 찾게 된다.

이 시에서 '여주인(mistress)'이 누구인지 확실하지는 않지만 대부분의 비평가들은 우수로 해석하며(Mayhead, 63), 그렇다면 여기에서의 '그녀(she)'는 우수이다.

> She dwells with Beauty – Beauty that must die;
> And Joy, whose hand is ever at his lips
> Bidding adieu; and aching Pleasure nigh,
> Turning to poison while the bee – mouth sips.
>
> 그녀[우수]는 아름다움과 함께 산다. 사라져야 할 아름다움,
> 언제나 입에다 손을 대며 작별을 고하려는 기쁨과 함께
> 그리고 우수는 고통스러운 쾌락 가까이에 있다.
> 벌이 꿀을 빠는 동안 독으로 변하는 고통스런 쾌락.
> (Ode on Melancholy, 21~24)

삶의 기쁨 또한 아름다움처럼 영원하지 않으니 기쁨은 잠시 우리가 그것을 취하기도 전에 벌써 떠날 채비를 한다. 쾌락 또한 쾌락이 아니다. 쾌락의 다디단 맛을 느끼려는 순간 그것은 치명적인 독으로 변해 버린다는 것을 시인은 알고 있다. 이는 키츠가 동생 조지에게 보낸 편지에서도 잘 나타난다.

> Circumstances are like Clouds continually gathering and bursting – while we are laughing the seed of some trouble is put into the wide arable land of events – while we are laughing it sprouts it grows and bears a poison fruit which we must pluck.
>
> 상황은 끊임없이 모여 터지는 구름과도 같다. – 우리가 웃고 있는 동안에 어떤

곤경의 씨가 사건들의 넓은 경작지 안으로 들어오고 — 우리가 웃고 있는 동안에 그것은 싹을 내고 자라서 우리가 따야 하는 독과일을 갑자기 맺는다.
(Letters, 79)

이와 같이 시인은 미, 환희, 쾌락들을 체험하는 동안에 그것들이 사라져 가고 있음을 느끼게 된다. 그 이유를 뮤러(Kenneth Muir)는 다음과 같이 말한다.

Beauty is lovely because it dies and impermanence is the essence of joy.

아름다움은 죽을 운명이기 때문에 아름다운 것이며, 인생도 영원하지 못하기에 더욱 기쁜 것이 되어야 한다(73).

이와 같이 시인은 인간 세상의 불완전함에 대한 그의 생각, 즉 인간의 환희는 매우 나약하고 덧없는 것이라는 개념과 행복은 극치에 이르러서는 불가피하게 어떤 상반된 것으로 변한다는 이치를 계속 설명한다. 그는 '아름다움'이 영원한 것이 결코 못 되며 '기쁨' 또한 곧 사라져 버리는 일시적인 것임을 느낀다. 이렇듯 가슴이 저리도록 느낄 수 있는 기쁨도 눈부신 아름다움도 너무나 일시적이어서 그 뒤에는 통렬한 고통이나 쇠락이 바로 뒤따르게 된다. 베이커의 지적대로 이러한 속성이 오히려 '삶의 진정한 풍부함(true fullness of living)'(Baker, 164)을 수용하게 하며, 흐르는 시간 속에서 인간이 터득하게 되는 지혜인 것이다. '유희' 또한 벌이 단꿀을 빨고 있는 동안 '독'으로 변해 버리며, 그러한 '기쁨의 사원'의 여왕은 '우수'이다. 이것은 고통과 우울함이 기쁨과 아름다움과 불가분의 관계에 있다는 시인의 사고를 설명해 준다. 우수는 '가려져 있으므로(veil'd)'

아무나 볼 수 없으며, 단지 정력적인 혀로 '기쁨의 포도'를 터뜨릴 수 있는 사람만이 볼 수 있다.

> Aye, in the very temple of Delight
> Veiled Melancholy has her sovran shrine,
> Though seen of none save him whose strenuous tongue
> Can burst Joy's grape against his palate fine;
> His soul shall taste the sadness of her might,
> And be among her cloudy trophies hung.

> 이, 기쁨의 성전 바로 그곳에서
> 베일을 쓴 우울이 그녀의 성전을 지녀,
> 정력적인 혀로 예민한 입천장에 환희의 포도를
> 터뜨릴 수 없는 사람은 이 성전을 볼 수가 없다.
> 그의 영혼은 우울의 힘을 맛볼 것이고,
> 우울의 구름 낀 트로피들 사이에 매달려 있게 되리라.
> (Ode on Melancholy, 25~30)

시인은 이렇듯 기쁨과 고통은 공존하는 것이며 미의 강렬한 경험이 우수의 본질적 의미를 알게 해 줌을 의미한다. 즉 진정한 기쁨을 얻기 위해서는 우수의 권능에 속하는 참다운 슬픔을 맛보아야 한다.

시인은 인간이 삶의 과정에서 겪게 되는 온갖 경험들은 한낱 일시적이고 덧없지만, 이 세상이 끊임없이 순환한다는 깨달음을 지니면 슬픔과 기쁨의 양면성을 모두 포용한 '기쁨의 포도'와 같은 인생의 참맛을 느낄 수 있게 된다고 말한다. 그는 "현실 속에서 삶의 고통스러운 과정을 피하지 않고 직접 경험하여 수용함으로써만이 삶의 복합성을 터득할 수 있다"(Gittings, 152)고 본다.

예이츠(Yeats)가 "우리가 인생을 비극으로 생각할 때 비로소 우리는 인생을 살아 나가기 시작하는 것이다"(James, 152)라고 말했듯이, 키츠는 이 송시에서 삶의 고통과 좌절로부터 도피하여 현실을 부정하기보다는 인생의 비극적인 면을 날카롭고 분명하게 꿰뚫어 봄으로써 인생의 고통에서 벗어날 수 있다는 의식을 가지게 된다. 이렇듯 그는 삶에는 한층 복합적이고 조화를 이루는 기쁨과 동시에 슬픔이라는 인생의 양면성이 밀접하게 관계를 맺고 있다고 보고 있다. 더욱 깊숙이 현실세계로 들어와 자리하게 된 키츠는 인생의 온갖 경험들이 삶의 일부라는 사실을 받아들임으로써 현실을 바라보는 시각이 상당히 진전이 있음을 보여 준다. 결국 *Ode on Melancholy*는 '가을의 결심을 준비하는(preparation of the resolution in Autumn)' 시이다.

키츠는 그의 송시 중 다른 것들을 완성한 후 수개월이 지난 9월에 완성을 이룬 *To Autumn*에서 시인으로서의 그의 의식과 자질을 유감없이 보여 준다. 블룸은 이것이야말로 "키츠의 송시 중 정교함과 아름다움이 극치를 이룬 시"(432)라고 극찬했다. 벤들러(Vendler) 또한 "말해야만 할 모든 것을 말한 시(*To Autumn* said everything there was to say)"(13)라고 찬사를 보내는 등 이 송시가 가장 성숙하고 가장 객관적으로 묘사된 시라고 평가한다. 그러나 이 시가 비개성적이고 객관적이라 해서 시인이 현실에서 물러나 은둔자적 관점을 취했음을 의미하는 것은 결코 아니다. 그는 이 무렵에 쓴 "인간의 계절(The Human Season)"에서 사계절을 인생의 국면에 비유하는데 여름을 환상에 의해 천국에 다가갈 수 있는 계절이라 하며, 겨울을 인간의 숙명적 본성을 겪게 되는 때라고 한다. 그가 여기에서 겨울을 언급하고 있는 사실은 그를 초월적 이상주의자로만 간주하는 비평가들에게는 놀라운 것일 수도 있다. 키츠는 항상 상상적 비행이 벌려 놓는 현실과의 간극 때문에 갈등을 느껴 왔으나 이 시에서 여름과 겨울의 경계를 이루는 가을의 충실한 묘사를 통하여 양자의 의미를 음미함으로써 자신의 내면적 갈등의 극복을 이루게 됨을 보여준다. 즉 시인은 이 시에서 성장과 사별, 삶과 죽음, 충만과 공허가 동시에 아무런 충돌 없이 존재함을 보여 준다. 여름과 겨울 사이에 있는 가을은 이 두 계절 사이의 경계이며 또한 중복되는 계절이므로, 두 개의 상반되는 조건의 중심이며 균형을 나타낸다. 즉 가을은 성장과 죽음이라는 서로 상반된 특성을 내포하는 것으로 묘사되는데, 키츠는 이렇게 두 가지의 상반된 특징이 서로 중복되어 존재하는 상태를 '정박하고 있는(stationing)'이라고 지칭한다. 이 말은 '생성과정과 정지상태의 통합'(Bate, 584)을 의미한다. 이렇듯 키츠는 인간의 삶이란 죽음 속의 성장과 성장 속의 죽음이 서로 연속되어 있으며, 공존한다는 자신의 완숙한 견해를 제시한다. 스페리는 "이 시가 초기의 송시들이 가지지 않은 섬세한 대칭과 균형을 드러내고 있다"(Sperry, 337)고 하면서, 이 시에서 시인이 지금까지 알고 있던 세계에 무언가 새로운 것 그리고 자기 충족적인 세계를 창조하고 있다고 말한다.

어느 날 문득 바라본 가을 저녁 들판은 키츠에게 있어 하나의 계절적 완성을 뜻하는 것이었으며, 이것은 죽음이 아니라 순환의 첫걸음인 새로운 삶의 창조를 뜻하기도 한다. 이 시는 주로 촉각적 이미지의 묘사와 더불어 풍요롭고 그득한 만물이 성숙된 자연에 대한 묘사로 시작하고 있다. 풍성한 결실의 계절 가을의 추수 직전의 풍요로움이 절정의 상태에 이른 모습이다.

Season of mists and mellow fruitfulness,
Close bosom friend of the maturing sun,
Conspiring with him how to load and bless
With fruit the vines that round the thatch — eves run:
To bend with apples the mossed cottage — tress,
And fill all fruit with ripeness to the core;
To swell the gourd, and plump the hazel shells
With a sweet kernels to set budding more,

안개와 무르익은 결실의 계절,
발갛게 익은 태양의 절친한 친구;
그 태양과 공모하여 초가집 처마를 두른 덩굴나무를
과일로 짐 지우고 축복하고;
이끼 긴 시골집 나무들을 사과들로 휘어지게 하고,
모든 열매를 그 속까지 익게 하고;
박을 부풀게 하고, 개암껍질을
달콤한 인으로 살찌우고; 꿀벌을 위해,
늦게 피는 꽃들을 더욱더 피게 하는,
꿀벌들이 따뜻한 날이 결코 그치지 않으리라 생각할 때까지,
여름이 끈적끈적한 벌집들을 넘쳐흐르게 하였기에.
(To Autumn, 1~11)

　　여기에서 '무르익은', '성숙시키는 태양', '시골집 나무' 등과 뒤이
어 나오는 구절에서의 '늦게 피는 꽃들', '부풀게 하고', '굵게 하는',
'끈적끈적한 벌집들'(11. 11) 등은 모두가 조화롭고 따뜻한 느낌을
전해 준다. *Ode on a Grecian Urn*에서 항아리에서의 단지 '곡조
없는 가락'만을 들려주었던 차갑고 고정된 예술에 대한 느낌이 아니
다. 시인은 여기에서 's', 'm', 'n' 등의 소리를 사용하여 바람에 날
리는 듯한 곡식의 소리나 전원의 음악을 듣는 듯하다. 사과는 나뭇
가지가 휘어지게끔 매달려 있고, 박은 부풀어 있으며, 벌집 속에서

넘쳐흐르는 꿀은 따뜻한 인상을 준다. 그러나 가을의 풍요로운 이면에는 'mist', 'bend', 'cease' 등과 같은 어휘에서 알 수 있듯이 기이하게도 완결(fulfillment)에 동반되는 다가올 겨울의 쇠퇴와 죽음의 그림자가 암시되어 있다. 키츠는 'mist'를 '죽음'과 대체로 연관시키는데 그의 편지 중 '많은 아파트들의 대저택(Mansion of Many Apartments)'에서, '주요한 사고의 방(Chamber of Maiden thought)'[19]이 어두워진 이후로 어두운 통로로 나 있는 문이 열리는데, 우리가 선악의 구별도 할 수 없이 안개 속에 있다고 한다("…… we see not the balance of good and evil, We are in a Mist", Letters, 142). 그런데 여기에서 키츠는 이러한 어둠을 무서워하는 것이 아니라 오히려 앞으로 나아가야 할 준비과정으로 이해하고 있다. 이처럼 그는 죽음과 재생이라는 일종의 순환하는 바퀴 안에서 미래의 생을 위해 준비하는 일을 게을리해서는 안 된다는 것을 보여 준다. 이것은 순환적이고 발전적인 시간의 흐름을 의미한다. 이러한 점에서 To Autumn은 "인간의 덧없는 찰나적 속성을 높이는 동시에 포기하거나 수동적으로 받아들이는 것 그 이상의 것"(Sharp, 56)을 말한다고 할 수 있다.

키츠는 인간이 지나쳐 가는 시간의 흐름 중 가을에 서서 겨울로는

---

19) '주요한 사고의 방(the Chamber of Maiden Thought)'의 개념은 키츠가 고통이 이 세상에서 갖는 역할에 대해 적고 있는 1818년 5월 3일자의 "Maiden of Many Apartments"라는 편지에서 제시된다. 위의 편지에서 적고 있는 키츠가 생각하고 있는 의식의 발전단계는 The Second Hyperion에 나타난 몽상가가 정원에서부터 시의 여신의 사원까지 가는 사이에 겪게 되는 의식의 발전과정과 맥을 같이한다고 볼 수 있다. 이 편지에서 시인은 육체적이고 감각적인 본능을 만끽하는 첫 단계로 '유아 혹은 사고하지 않는 방(the infant or thoughtless Chamber)'를 제시한다. 이다음 단계가 '사고의 방'으로 키츠가 여기에서는 "인간의 감정과 본성에 대한 이해를 넓히게 된다"(vision into the heart and nature of Man)를 알 수 있다. 이렇듯 '사고의 방'에서 이해성을 넓히고 난 후에야 비로소 키츠는 "이 세상이란 고통과 상심, 괴로움과 병마와 압정으로 가득 차 있는 곳"이라는 깨달음에 이르게 된다(Letters, 142 - 143 참조).

정지를, 새로이 태어날 봄과 여름을 위해서는 성장과 탄생을 함축하는 시를 표현하고 있다.

움직임의 형상으로 가득 찼던 첫 연에 이어, 두 번째 연은 움직임과 정지의 중간 상태로, 상상력의 작용으로 가을이 의인화되는데 가을에 흔히 대할 수 있는 추수꾼의 모습으로 제시된다. 이처럼 가을로 의인화된 모습을 블룸은 다음과 같이 말하고 있다.

> She is passive, and embodiment of the elderly paradise, the place of repose, after the sexual and productive activity hinted at by her having been "close - bosom - friend of the maturing sun."
>
> 그녀[가을]는 '발갛게 익은 태양과 공모'에서 암시하는 성적이고 생산적인 활동 후의 휴식의 장소이며, 소극적으로 이룬 천국의 구현이다(433).

이런 이미지는 키츠 시에서 계절의 끝 무렵의 심리적 성숙과 상상력과 자연의 통합 그리고 내적 사고와 외면적 실체의 조화를 보여주는 것이다. 또한 가을의 모습은 초월적이지도 않고 자신의 모습을 감추고 있지도 않다. 오히려 완전히 개방되어 우리에게 친숙함을 준다. 가을은 창고 안에 있거나 추수 끝난 창고 바닥에 아무렇게나 앉아 있다. 또는 머리를 흩날리며 있거나, 이랑 깊이 잠든 모습 혹은 압착기의 즙을 짜는 모습을 끈기 있게 지켜보는 모습 등 들에서 추수하는 여인처럼 친근하게 묘사하고 있다. *Ode on Melancholy*에서 **Melancholy**는 베일을 쓴 여신의 모습으로 우울의 성단을 지키고 있던 여신으로 묘사되었으나, 가을의 여신은 이제 지상으로 내려와 그곳에서 이루어지고 있는 일에 관심을 보이고 있는 것이다. 이것은 시인 자신의 이상이 바로 현실에 있음을 인식하고 있음을 알 수 있다.

Thee sitting careless on a granary floor,
Thy hair soft-lifted by the winnowing wind;
Or on a half-reaped furrow sound asleep,
Drowsed with the fume of poppies, while thy hook
Spares the next swath and all its twined flowers;
And sometimes like a gleaner thou dost keep
Steady thy laden head across a brook;
Or by a cyder-press, with patient look,
Thou watchest the last oozings hours by hours.

곡창지대에 근심 없이 앉아 있는 그대,
키질하는 바람결에 부드럽게 나부끼는 그대의 머리;
반쯤 수확한 밭이랑에 잠들어 있는,
그대가 양귀비 꽃 향에 취해 있는 동안,
다음 벨 목초 자리와 뒤엉킨 꽃들을 잘 정리해 둔다;
그리고 가끔 그대는 이삭 줍는 사람처럼
그대의 고민에 찬 머리를 시냇가에 누이기도 하고;
혹은 사과 압착기 곁에서 참을성 있게,
매시간 흘러나오는 마지막 과즙을 지켜본다.
(To Autumn, 14~22)

그녀(가을)는 '창고 안에나'(oft amid thy store, 11. 12) '창고 바닥에 머리를 흩날리며 태평스럽게 앉아 있거나' 또한 '반쯤 벤 이랑에 깊이 잠들어 있거나' 혹은 '사이더 압착기의 즙을 끈기를 가지고 지켜보는' 모습들에서, 특히 '마지막 즙'의 이미지에서, 이제 우리는 점점 가을의 추수로 인해 생명의 순환 과정이 마무리되어 감을 보게 된다. '마지막 즙(the last oozings)'이라는 어휘의 이미지를 통해 수확의 끝이 다가온다는 사실과 아울러 죽음의 개념이 아주 천천히 눈에 띄지 않게 스며 옴을 알 수 있다. 이렇듯 자연은 태어나서 성장하여 성숙하면 가을이라는 추수꾼에 의해 순환을 마무리 짓는다. 가을에서 겨울의 정지 상태로 가는 조용한 움직임과 졸음을 느끼게 된다. 그러나 여기에서 시인은 Ode to a Nightingale의 첫 부분에서처럼 현실을 도피하고 초월적 상태로 몰입하려는 노력과는 달리 다가올 겨울의 암시를 부드럽게 그리고 가볍게 객관적으로 묘사함으로써 계절의 경과를 수락하겠다는 의사를 제시한다. 이러한 수락은 현실에 대한 체념이 아니라 그것을 직시한 사람만이 얻을 수 있는 그것의 포용을 의미한다. 또한 이러한 광경을 통해 느낄 수 있는 감정은 '완성된 과정의 마지막 풍요(last wealth of complete process)'를 거둔 가을의 음악이 저만치 사라져 가는 아쉬움일 수도 있다. 이러한 단계에 대해 스페리가 '생생함(actively)과 정체(stasis)의 중간단계'(Sperry, 339)라고 표현하듯이, 가을은 추수하는 자인 동시에 생명을 보존하는 자이니, 죽음과 삶의 이중적 의미를 모두 포용하는 존재이다. 쉘리(Shelly)의 Ode to the West Wind에서의 '서풍'이 파괴자인 동시에 보존자로서의 이중적 역할을 함으로써 "겨울이 오면, 봄은 멀리에 있을 수 없지 않은가?(If winter comes, can Spring be far behind?)"에 대한 비전을 제시해 주듯이, 가을도 그러한 역할을 하고 있다. 시간의 흐름에 따라 이 송시에서는 생성과 소멸이라는 거대한 유기적 움직임의 양상이 드러난다. 가을은 계절의 변화뿐만 아니라 인생의 변화를 모두 수용하는 것이다.

시인은 촉각적(tactile) 이미지와 시각적(visual) 이미지에서 청각적(aural) 이미지라는 멀어져 가는 가을의 음악을 통해 마치 나이팅게일이 그의 영혼을 '쏟아 내붓듯이(pouring fourth)' 만물이 죽어 가는 순간이나 죽을 준비의 태세를 취할 때 가장 강렬하게 존재의 진

수 혹은 정체를 드러냄을 보여 준다. 다시 말해 그는 움직임과 정지 상태를 융합시킴으로써 순간은 영원의 연속이며, 영원의 세계는 바로 삶 그 자체의 연속임을 제시한다.

> Where are the songs of spring? Aye, where are they?
> Think not of them, thou hast thy music too –
> While barred clouds bloom the soft – dying day,
> And touch the stubble – plains with rosy hue.
>
> 봄의 노래들은 어디에 있는가? 아, 어디에 그들이 있는가?
> 생각하지 마라 봄의 노래들을, 그대 역시 그대 음악을 갖고 있으니 –
> 줄무늬 진 구름들이, 조용히 죽어 가는 해를 석양으로 꽃피우고,
> 그루터기 들판을 장밋빛으로 채색하는 동안;
> (To Autumn, 23~26)

생명과 탄생의 봄, 그 봄의 음악은 영원한 순환의 원리를 생각해 볼 때 죽음 후에 오는 것이다. 키츠가 '존재의 덧없는 본질을 인식'(Waldoff, 160)하고 있는 것으로, 이것은 떠오르는 태양, 푸르게 덮여 있는 초원의 조화로움이 봄의 음악이라면 그러한 봄의 음악을 그리워할 것이 아니라 가을이 지닌 나름대로의 음악에 귀 기울여야 할 필요가 있다는 것을 의미한다.

키츠는 편지에서 '오싹할 정도로 추운 (chilly green)봄' 대신에 가을은 더욱 '따뜻'하다고 적고 있으며 그래서 가을에 더욱 애정을 갖게 된다고 언급한다. 이는 그 자신이 이제 무상함과 상실의 의미로부터 자연적 성장과 쇠락이 공존함을 긍정하게 된 것이기도 하다. 그리하여 가렸던 구름은 '조용히 사라져 가는 저녁'에 조금도 불행하거나 비극적인 기색도 없이 더욱 아름답게 피어나는 것이며, 죽어

가는 듯한 그루터기 들판도 황량하게 느껴지지 않고 '황혼의 빛'으로 가득 차 더욱 풍요롭게 비친다. 자신의 편지에서 그가 "지상에서의 행복이 좀 더 고상한 모습으로 반복되는 것(happiness on Earth repeated in a finer tone and so repeated)"(Letters, 67)이라고 했듯이, 가을이라는 계절의 현재의 모습은 그가 들려주는 음악 소리 속에서 미래에도 살아 숨 쉴 것이며 봄이라는 과거의 시간과도 밀접한 관련을 가지게 되는 창조적 시간이다.

>
> Then in a wailful choir the small gnats mourn
> Among the river swallows, borne aloft
> Or sinking as the light wind lives or dies;
> And full-grown lambs loud bleat from hilly bourn;
> Hedge-crickets sing; and now with treble soft
> The red-breast whistles from a garden-croft;
> And gathering swallows twitter in the skies.
>
> 그때 작은 각다귀들이 슬픈 합창을 애도한다.
> 강가의 버드나무 사이에서, 가벼운 바람이
> 일거나 사라짐에 따라 높게 오르거나 가라앉으며;
> 다 자란 어린양들이 언덕 끝에서 요란히 울고,
> 여치들이 노래하고, 지금 부드러운 고음으로
> 울새가 채마밭에서 휘파람 불고,
> 모여 있는 제비들이 하늘에서 지저귄다.
> (To Autumn, 27~33)

이제 남은 것은 가을의 '소리'인데, 가을의 음악은 "그리스 항아리의 노래"에서의 음악과는 달리, 살아 있는 곤충과 생물들에 의해 소리가 나며 우리의 감각적인 귀에 들리게 연주된다. 그러나 바람에 흔들리는 버드나무 가지 사이 개울에서 '떴다' '가라앉았다' 하는 각다귀의 구슬픈 노랫소리가 깊어 가는 가을을 알리며 다 자란 양과 여치의 노래 그리고 높은 음으로 노래하는 '방울새'와 따뜻한 곳을 찾아 떠나는 '제비들의 종알거림'이 멀어져 가는 계절의 자국만을 남겨 가슴 아프게 한다. 그러나 이렇게 차분한 가을의 소리에서 슬퍼하고만 있지 않은 서글픔 이상의 극치에 달한 시인의 긍정의 자세를 볼 수 있다.

콜빈(Colvin)은 이 시를 평해 "봄에 쓴 송시에 드러나 있는 내성적 사고와 감성의 정열적, 복합적 구면과는 다르다"(422)고 했지만, 가을은 여름의 공상적 화려함과 겨울의 죽음을 공유하는 계절이기 때문에 이 가을을 충실히 표현하는 것만으로도 키츠는 자신의 복합적인 사고를 충분히 제시한다고 볼 수 있다. 이처럼 이 송시는 풍성한 수확의 계절로서의 가을을 찬양한 시가 아니라 그것이 지니는 이중적 속성을 다른 송시들에 흔히 들어 있는 느낌표 하나 없이 평명한 어조로 표현함으로써 보다 강렬한 인생의 명상을 가능하게 한 시이다. 메이헤드의 지적대로 키츠는 이 시에서 '인생은 나아간다(Life goes on)'(Mayhead, 46)라는 사실에 대해 진정으로 깊은 인식을 하게 된다. 그는 완전한 공허와 적막에 도달하여 가을이 주는 죽음과 삶, 재생과 쇠락이라는 공존하는 변화와 발전의 양상을 수용하고 있다. 이제 시인은 현실 속에서 그러한 삶에 진정으로 참여하게 된다. 이것이 바로 '시인 그 자신이 살아가고 있는 현실세계 속에서 그가 화합하고자 노력해 왔던 요지'(Stillinger, 110)이며 '죽음이라는 사실조차 포함하는 수용'(Perkins, 294)인 것이다. "To Autmn"에 이르러, 키츠는 죽음과 새로운 탄생이라는 자연의 조화와 순환의 원리를 받아들이게 된다. 그는 강렬하고 통렬한 아름다운 현실이며 인생의 상징인 가을의 음악을 통해 진정으로 현실의 삶 속에 투영되어 있는 인간으로서 피할 수 없는 조건들, 사랑과 미움, 슬픔과 행복감 그리고 죽음과 불멸 등의 이상이 현실세계 속에서 조화롭게 융합되어 존재함을 긍정적으로 수용하게 된다.

이렇듯 키츠는 *Ode on Melancholy*와 *To Autumn*을 통해 삶 속에 존재하는 여러 상반된 특질들을 자연스럽게 통합하게 되고, 죽음과 재생 등의 자연의 순환과정을 수용함으로써, 삶의 순환과정이 현실세계 속에서 조화롭게 이루어지고 있음을 제시하고 있다.

Ⅳ. 결실의 미학

키츠는 낭만주의 시대의 어느 시인보다도 경험과 현실에 견고히 뿌리를 박고 현실 속에 존재하려고 노력한 시인이다. 특히 그는 형이상학적 사상이나 종교가 현실세계에서의 고통의 문제들을 해결하지 못한다는 것을 깊이 인식하고 있었다.

이러한 키츠의 문학은 그의 불운한 일생을 떠나서 생각할 수 없으며, 그를 대시인으로 성장시킨 문인들과의 친교도 무시할 수 없다. 왜냐하면 그의 문학관이 정립되기까지의 그의 가정적인 불행, 정신적인 고통, 정서적 와해 등 불운한 시련과 서한을 통한 선배 또는 문인들과 친교가 계속되었던 것이 그의 '시적 경력(poetic career)'이 절정에 도달하는 데 절대적 배경을 제시해 주었기 때문이다.

인간의 행복과 불행, 문학에 대한 염원 등에 일찍이 눈을 뜨게 된 키츠는 이러한 것들에 대한 독특한 관심을 보인다. 그는 행복에 대한 단순한 관념보다는, 그 이면에 필연적으로 수반되는 불행을 생각했고, 환희 속에서 찾아지는 우울함 그리고 기쁨의 이면에 깔린 고통 등 인생의 그늘진 면을 생각하는 독특한 인식을 보여 준다.

키츠는 악화되어 가는 건강 때문에 항상 인생의 그늘진 모습을 인식하였고, 사랑의 감정을 아름다운 것이라고 받아들이기 전에 그것이 강렬할 때, 죽음의 종말에 접근하는 것이라고 생각을 하여 자신의 시를 통해서 현실 속에서의 '감각과 사고의 인생(life of sensation and thought)'을 추구한다. 그는 사색하기를 좋아했으며, 그러한 그의 심각한 사색은 그의 인생관 내지 문학관에 크게 영향을 미친다. 이렇듯 현실의 삶 속에서 끊임없이 갈등하고 사색했던 키츠 시의 변화 및 발전양상은 초기 시로부터 최고의 송시에 이르는 과정에서 잘 드러난다.

낭만주의자들에게 참된 창조적 기능이자 그의 시적 힘의 원동력이었던 상상력을 통해, 그는 초기 시에서 대체로 신화, 민담, 목가적 로맨스 등의 초자연적 세계를 추구한다. 대표적 후기 시인 송시들에 이르러 그는 때때로 복합적 현실을 망각하고 단순한 초월을 획득하려는 흔적을 보이기도 하나, 그것은 그 자체가 불완전한 것이므로 실패하게 되고 그럼으로써 보다 확대된 시각으로 자연과 초자연, 생과 사, 이상과 현실, 즐거움과 고통, 불멸과 필멸 등의 상반된 개념 등을 동시에 통합, 합성하려는 자신의 노력의 결실을 보인다.

*Sleep and Poetry*에서 그가 자신의 시 세계의 발전 과정을 '꽃의 여신과 늙은 목양신의 영역'을 거쳐 '인간 감정의 고뇌와 투쟁의 영역'으로 뛰어넘을 것이라고 말했듯이, 그는 초기 시에서 현실로부터 벗어나기 위해 환상적 이상세계를 추구했다. 그의 그러한 환상적 탐색은 *Lamia*에서의 리시우스(Lycius)처럼 현실과 유리될 뿐이라는 파

멸적 결과로 나타났다. 송시들에 이르러 그는 초기 시에서 현실로부터 끊임없이 환상적 이상세계를 탐색하던 자신의 경향에 다분히 심각한 회의를 드러낸다. 그는 현실에 내재하는 고통과 슬픔을 수용하여 삶을 긍정함으로써 시인으로서의 통과제례를 거친 듯 내면적 확장을 통한 보다 확대된 시각을 갖게 된다.

송시들은 '패턴적 그리고 내면적 발전이 밖으로 드러난 양상(the outward signs of pattern and inner development)'(Wasserman, 100)을 제시하는 시인의 내적인 성숙이 완성의 단계에 이른 것이다. 고통에 찬 현실로부터 도피하기 위해 감각적이고 화려한 풍부함의 세계로부터 시의 소재를 자주 찾았던 '위'로 향한 그의 시 세계가 진정으로 현실세계로 되돌아오게 된 것으로, 그 자신의 시 세계 속에 현실세계가 조화롭고 다양하게 받아들여져 구현되어 있음을 알 수 있다.

대부분의 낭만주의 시인들이 그랬듯이, 그의 시 역시 상상력이라는 기능을 통해 현실로부터 갈등과 고통을 해결해 보려는 시도들이기도 했다. 이처럼 이들의 시는 자아가 직면하는 현실의 상황에 대한 깊은 성찰로부터 오는 것이다. 그는 끊임없이 대두되는 현실의 문제와 관련하여, "이 세상은 태양이 떠올랐다 지는 것과 같이 순환하는 역사의 과정(Letters, 522)"이라고 말한다. 이것은 키츠 시 세계의 근본을 이루고 있는 구조와도 같은 것으로, 현실에서 이상세계로의 모색은 현실에 대한 보다 폭넓은 이해의 근간을 제시함을 의미한다.

키츠의 시 세계는 이렇듯 꿈, 초시간성, 고통이 인지에 의해 방해받지 않는 쾌락 등을 상징하는 세계와 이상적 완전함이라기보다는 성장적, 발전적인, 즉 현실을 직면하여 그것이 주는 고통과 시련을 포용함으로써 획득되는 합일적 세계로 요약된다. 그의 시를 전반적으로 살펴보면 그가 이러한 양면세계에 대한 갈등을 극복하고 인생의 전체적 삶에 대한 시를 쓰려 했다는 사실을 발견할 수 있다. 그는 시가 중요한 인간 활동, 특히 인간의 친구인 철학자의 훌륭한 행위에 비견될 수 있어야 하며, 따라서 최상의 시는 경이의 감각보다는 현실에서의 인간 삶 그리고 그곳에서 나타나는 갈등을 다루는 것이어야 한다고 생각했다(Letters, 388).

이와 같이 본 저서는 키츠가 예리한 심안으로 인생을 관조하면서 아울러 삶 속에서 겪는 갈등과 고통을 차분한 명상을 통해 이지적으로 보았으며, 감각과 사고를 함께 포용하려 했던 시인이라고 설명하는 비평가들의 입장에 초점을 맞추어 그의 시작들을 고찰해 왔다. 시작 생활 동안 그에게 끊임없이 대두되는 과제였던 현실의 수용문제는 초기 시(*Endymion, The First Hyperion, The Eve of St. Agnes*)에서 갈등과 혼란의 과정을 거쳐 그의 내적 성숙이 극치에 달한 1819년의 '송시들(*Great Odes*)'에 이르러 완성을 지향하게 됨을 볼 수 있었다. 이러한 과정을 퍼킨스와 스틸린저 등의 비평가는 "키츠의 사고가 환상적 상상의 세계에서 현실세계의 성숙한 수용에 이르기까지 발전된 것"[20]이라고 보았다. 이상과 같이 이상세계로의 열망이나 탐색을 경험하고 난 후, 더욱 확대된 폭넓은 시각으로 현실을 이해할 수 있게 되었다는 발전의 양상으로 키츠의 시 세계를 고찰함으로써, 그가 감각적, 쾌락적 세계만을 고수했던 시인이 아니라, 현실을 나름대로 수용하기 위해 끊임없이 노력했던 시인임을 알 수 있다.

---

20) Leon Waldoff, 서문 참조. Bate도 이에 대해 비록 짧은 시작기간 동안이었다 할지라도, 키츠가 후기 시로의 진행과정에서 형식 면에서나 내용 면에서 점진적으로 발전된 양상을 드러내 보인다고 주장한다. Walter Jackson Bate, *John Keats*, 서문 참조(pp.vii-).

본 저서는 키츠의 초기 시로부터 송시들에 이르기까지의 고찰과정을 통해 그가 이기적일 정도로 감각적 쾌락의 추구로부터 온전한 현실의 인식에 이르기까지 삶의 폭을 넓히게 됨을 알 수 있었다. 이러한 공감의 폭에 있어서의 발전이 시인으로서의 그의 발전과 병행될 수 있었는지도 모른다. 이렇듯 그가 자신의 시를 통해서 '진정한 시인'으로 성숙해 갔다는 사실은 그를 단순한 초월주의자나 혹은 쾌락적 관능주의자라는 부분적인 평가에서 해방시켜 주며, 영문학사에 있어 현실 속에 자리했던 사색적이고 철학적인 시인으로서의 그의 위치의 도대를 마련하게 힌다.

참고문헌

김남주 역, 『자기 땅에서 유배당한 자들』, 서울: 청사출판사, 1978.
김성곤 역, 『미로속의 언어』, 서울: 민음사, 1986.
김영일 역, 『말콤 X와 검은 혁명』, 서울: 일월서각, 1982.
박종렬 역, 『대지의 저주받은 자들』, 서울: 광민사, 1979.
엄정옥 역, 『미국 고전문학 연구』, 서울: 한신문화사, 1987.
윤현역 역, 『예수와 흑인혁명』, 서울: 청사출판사, 1978.
윤현역 역, 『흑인영가와 블루스』, 서울: 청사출판사, 1984.
이선영(ed.), 『문예 사조사』, 서울: 민음사, 1986.
이연호, 『Keats 시 연구』, 서울: 서울대학교 출판부, 1986.
이재호 · 이명섭 · 이영걸(공편), 『영미시 총서 해설 Ⅱ』, 서울: 탐구당, 1981.
이정호, 『영시 새로 읽기』, 서울: 서울대학교 출판부, 1998.
조혜정, 『탈식민지 시대 지식인의 글 읽기와 삶 읽기(2)』, 서울: 도서출판 또 하
　　나의 문화, 1994.

1. Primary sources

Abrams, M. H.(ed.). *The Norton Anthology of English Literature*. New York:
　　W. W. Norton & Co., 1979.
Allott, Miriam(ed.). *The Poems of John Keats*. Essex: Longma, 1986.
Fogle, Richard H.(ed.). *John Keats: Selected Poetry and Letters*. Toronto and
　　New York: Rinehart Co. Inc., 1957.
Forman, Maurice Buxton(ed.). *The Letters of John Keats*. London: Oxford
　　University Press, 1952.

2. Secondary sources

Abrams, M. H.(ed.). *English Romantic Poets.* – LondoPress, 1995.Enscoe, Gerald and Glecker, Robert F.(eds.). Romanticism: Points of View. Detroit: Wayne State University Press, 1975.

Baker Corlos, Thorpe V. Clarence. & Bennett Weaver(eds.). *The Major Romantic Poets.* U.S.A.: South Illinois University Press, 1964.

Baker, Jeffrey. *John Keats and Symbolism.* sussex and New York, The Harvester Press, 1986.

Baker, Houston A., Jr. *Blues, Ideology, and Afro – American Literature: A Vernaculer Theory.* Chicago: The University of Chicago Press, 1984.

Baker, Houston A., Jr. *Singers of Daybreak: Studies in Black American Literature.* Washington D.C.: Howard University Press, 1984.

Baker, Houston A., Jr. *The Journey Back: Issues in Black Literature and Criticism.* Chicago: The University of Chicago Press, 1980.

Baker, Houston A., Jr. "To Move without Moving: An Analysis of Creativity and Commerce in Ralph Ellison's Trueblood Episode." *PMLA* Vol.98, no.5(Oct. 1983).

Baldwin, James. *Notes of a Native son.* Boston: The Beacon Press, 1955.

Barksdale, Richard K. "Black America and the Mask of Comedy." Louis D. Rubin, Jr. *The Comic Imagination of American Literature.* Voice of America Forum Series, 1974.

Baumbach, Jonathan. *The Landscape of Nightmare: Studies in the contemporary American Novel.* New York: New York University Press, 1965.

Bate, Walter Jackson(ed.). *John Keats.* Cambridge and Mass.: Harvard University Press, 1963.

Bate, Walter Jackson(ed.). Keats: A Collection of Critical Essays. Englewood Cliffs: Prentice – Hall Inc., 1964.

Beauvoir, Simonne de. *The Second Sex.* Trans. H. M. Parshley. New York: Alfred A. Knopf, 1957.

Bell, Bernard W. *The Afro – American Novel and its Tradition.* Amherst: The University of Massachusetts Press, 1987.

Bellow, Saul, "Man underground." *Ralph Ellison: A Collection of Critical Essays.* Ed. John Hersey. Englewood Cliffs, N.J.: Prentice, 1974.

Berghe, Pierre L. van den. *Race and Racism: A Comparative Perspective.*

New York: John Wiley & Sons, Inc., 1967.

Bigsby, C. W. E. *The Second Black Renaissance: Essays in Black Literature.* Westport: Greenwood, 1980.

Blake, Susan L. "Ritual and Rationalization: Black Folklore in the Works Ralph Ellison", *PMLA*, Vol.94, No.1, 1979.

Bloom, Harold. The Visionary Company. Ithaca: Cornell University Press. 1971.

Bone, Robert A. *The Negro Novel in America.* New Haven and London: Yale University Press, 1964.

Brooks, Cleanth. The Well Wrought Urn: Studies in The Structure of Poetry. New York: Harcourt, 1947.

Busby, Mark. *Ralph Ellison.* Boston: Twayne Publishers, 1991.

Bush, Douglas. John Keats: His Life and Writings. London: Weidenfield and Nicolson, 1966.

Byerman, Keith E. *Fingering the Jagged Grain: Tradition and Form in Recent Black Fiction.* Athens, Georgia: The Univ. of Georgia Press, 1985.

Callahan, John F. "Frequencies of Eloquencies of Eloquence: The Performance and Composition of *Invisible Man.*" *New Essays on Invisible Man.* Ed. Robert G. O'Meally. Cambridge: Cambridge UP, 1988.

Chapman, Abraham, ed. *Black Voices: An Anthology of Afro‑American Literature.* New York: The New American Library, 1968.

Collier, James Lincoln. *Inside Jazz.* New York: Four Winds Press, 1973.

Cone, James H. *The Spirituals and the Blues.* New York: Harper & Row, 1974.

Cooke, Michael G. *Afro‑American Literature in 20th Century: The Achievement of Intimacy.* New Haven and London: Yale University press, 1984.

Cooke, Michael G. *Modern Black Novelists: A Collection of Critical Essays, Twentieth Century Views.* Englewood Cliffs, N.J.: Prentice Hall, 1971.

Corry, John. "Profile of an American Novelist, A White View of Ralph Ellison." *Black World*(1970, December).

D'Avanzo, Mario L. *Keats's Metaphors for the Poetic Imagination.* Durham: Duke University Press, 1967.

Davis, Arthur Paul. *From the Dark Tower: Afro‑American Writers, 1900 to 1960.* Washington D.C.: Howard University Press. 1974.

Dickstein, Morris. *Keats and His Poetry: A Study in Development.* Chicago and London: The University of Chicago Press, 1974.

Donald, Miles. *The American Novel in the Twentieth Century.* London: David

& Charles, 1978.

Dreer, Herman, ed. *American Literature by Negro Authors*. New York: MacMillan Company, 1950.

DuBois. W. E. B. "The Souls of Black Folk", in *Black Voices* ed. Abraham Chapman. New York: The New American Library, 1968.

Enscoe, Gerald and Glecker, Robert F.(eds.). *Romanticism: Points of View*. Detroit: Wayne State University Press, 1975.

Erickson, Erick H. "The Concept of Identity in Race Relations", in *Old Memories New Moods*, ed. Peter I. Rose. New York: Atherton Press, Inc., 1970.

Evans, David. *Big Road Blues: Tradition and Creativity in the Folk Blues*. Berkeley & Los Angeles: Univ. of California Press, 1982.

Evert, Walter H. *Aesthetic and Myth in the Poetry of Keats*. Princeton: Princeton University Press, 1965.

Fanon, Frantz. *The Wretched of the Earth*. Trans. Constance Farrington. New York: Grove, 1963.

Fischer, Russell. "*Invisible Man* as History." *CLA* Journal 7. 3(1974).

Foner, Philip S. ed. *The voice of Black America: Major Speeches by Negroes in the United States, 1797 – 1971*. New York: Simon and Schuster, 1972.

Ford, Newell. The Prefigurative Imagination of John Keats: A Study of the Beauty – Truth Identification and its Implications. London: Oxford University Press, 1951.

Fuller, Hoyt W. "The New Black Literature: Protest or Affirmation" in *Black Aesthetic*. Oxford: Oxford UP, 1984.

Garland, Phyl. *The Sound of Soul*. Chicago: Henry Regnery Co., 1970.

Garrod, H. W.(eds.). *The Poetical Works of John Keats*. London: Oxford University Press, 1958.

Gayle, Addison, Jr. *The Black Aesthetic*. Garden City, New York: Anchor Press/ Doubleday, 1971.

Gayle, Addison, Jr. *The Way of the New World: The Black Novel in America*. Garden City, New York: Anchor Press/ Doubleday, 1975.

Gibson, Donald B., ed. *Five Black Writers: Essays on Wright, Ellison, Baldwin, Hughes, and LeRoi Jones*. New York: New York University Press, 1970.

Gittings, Robert. *John Keats: The Living Year*. Connecticut: Greenwood

Press, 1978.

Goffman, Erving. *Stigma: Notes on the Management of Spoiled Identity.* Middlesex, England: Penguin Books Ltd, 1968.

Graham, Maryemma and Singh, Amritjit ed., *Conversations with Ralph Ellison.* Jackson: University Press of Mississippi, 1995.

Hassan, Ihab. *Radical Innocence: The Contemporary American Novel.* Princeton, New Jersey: Princeton University Press, 1961.

Hernton, Calvin C. *Sex and Racism in America.* NY: Grove Press, 1966.

Hersey, John, ed. *Ralph Ellison: A Collection of Critical Essays.* Englewood Cliffs, New Jersey: Prentice − Hall, 1974.

Herston, Zora Neale. *Folklore, Memories, and Other Writings.* London: Lawrence & Wishart, 1995.

Hill, Herbert, ed. *Anger, and Beyond: The Negro Writer in the United States.* New York: Harper & Row, 1966.

Hirst, Wolf Z. John Keats: *Twentieth's English Author's Series.* Boston: G. K. Hall & Co., 1981.

Hoffman, Daniel, ed. *Harvard Guide to Contemporary American Writing.* Cambridge, Mass.: Harvard UP., 1979.

Hooks, Bell. "Marginality as Site of Resistance." *Out There: Marginalization and Contemporary Cultures.* Russell Ferguson, et al., eds. NY: The New Museum of Comtemporary Art, 1990.

Hough, Graham. *The Romantic Poets.* London: Cambridge University Press, 1980.

Inge, M. Thomas. *et al.* eds. *Black American Writers: Bibliographical Essays Volume 2 Richard Wright, Ralph Ellison, James Baldwin, and Amiri Baraka.* New York: St. Martin's Press, 1978.

Jameson, Fredric. *The Political Unconscious: Narrative as a Socially Symbolic Act.* Ithaca, N. Y.: Cornell University Press, 1981.

Jan Mohammed, Abdul. "The Economy of Manichean Allegory: The Function of Racial Difference in Colonialist Literature", *Critical Inquiry* 12(1985, Autumn).

Jones, LeRoi. *Blues People.* New York: william Morrow & Co., 1963.

Kent, George W. *Blackness and the Adventure of American Culture.* Chicago: Third World Press, 1972.

Kim, Daniel Y. "Invisible Desires: Homoerotic Racism and its Critique in Ralph Ellison's Invisible Man." *Novel: Forum and Fiction*(Spring, 1997).

Klein, Marcus. *After Alienation: American Novels in Mid — Century.* Chicago: Chicago UP, 1964.

Lawrence, D. H. Studies in Classic American Literature. Cambridge, Mass.: Harvard UP., 1972.

Leavis, F. R., *Revaluation: Tradition and development in English Poetry.* London: Chatto and Windus., 1963.

Lee, A. Robert, ed. *Black Fiction: New Studies in the Afro — American Novel since 1945.* London: Vision Press, 1980.

Lieber, Todd M. "Ralph Ellison and the Metaphor of Invisibility in Black Literature Tradition" *American Quarterly,* 24, No.1, 1973.

Lyotard, J. *The Postmodern Condition.* Mancgester, 1984.

Mayhead, Robin. *John Keats.* London: Cambridge Univ. Press, 1969.

Margolies, Edward. *Native Sons: A Critical Study of Twentieth Century Negro American Authors.* Philadelphia and New York: J. B. Lippincott Co., 1968.

Miles, Donald. *The American Novel in the Twentieth Century*(London: David & Charles. 1978).

Mueller, William R. *Celebration of Life: Studies in Modern Fiction.* New York: Sheed & Ward, 1972.

Myrdal, Gunnar. *An American Dilema: the Negro Problem and Modern Domocracy.* New York: Harper, 1944.

O'Meally, Robert G. *The Craft of Ralph Ellison.* Cambridge, Mass: Harvard University Press, 1980.

O'Neil, John. "Black Arts: Notebook", in *Black Aesthetic.*

Orr, John. *The Making of the Twentieth — Century Novel.* New York: Macmillan, 1987.

Ostendorf, Berndt. *Black Literature in White America.* Sussex: The Harvester Press, 1971.

Perkins, David. *The Quest for Permanence: The Symbolism of Wordsworth, Shelly and Keats.* Cambridge, Mass: Harvard University Press, 1959.

Pettet, Ernest. Charles. *On the Poetry of Keats.* Cambridge Univ. Press, 1970.

Pryse, Marjorie. "Ralph Ellison's Heroic Fugitive." *American Literature* 16.(1974).

Reilly, John ed. *Twentieth Century Interpretation of Invisible Man.* Englewood Cliffs, N.J.: Prentice Hall, 1970.

Rosenblatt, Roger. *Black Fiction.* Cambridge, Mass.: Harvard University Press, 1974.

Schraufnagel, Noel. *The Black American Novel: From Apology to Protest.* Deland: Everett/ Edwards, Inc., 1973.

Said, Edward W. *Beginnings: Intention and Method.* Baltimore and London: The Johns Hopkins University Press, 1975.

Said, Edward W. *The World, the Text, and the Critic.* Cambridge: Harvard University Press, 1983.

Said, Edward W. *Orientalism.* New York: Pantheon Books, 1978.

Smith, valerie. "The Meaning of Narration", Robert G. O'Meally. *The Craft of Ralph Ellison.* Cambridge, Mass: Harvard University Press, 1980.

Sperry, Stuart M. *Keats the Poet*, Princeton, N.J.: Princeton University Press, 1974.

Stillinger, Jack(ed.) *Twentieth Century Interpretations of John Keats's Odes,* englewood Cliffs, N.J.: Prentice – Hall, Inc, 1968.

Tanner, Tony. *City of Words: American Fiction 1950 – 1970.* New York: Harper & Row Pub., 1971.

Tate, Allen. *On the Limits of Poetry.* New York: Swallow Press, 1948.

Vendler, Helen. *The Odes of John Keats.* Cambridge: The Belknap Press of Harvard Univ. Press, 1983.

Waldoff, Leon. *Keats and the Silent Work of Imagination.* Urbana and Chicago: University of Illinois Press, 1985.

Wasserman, Earl R. ed, *The Finer Tone: Keats' Major Peoms*, Baltimore: The Jones Hopkins Press, 1953.

Watts, Cedric. *A Preface to Keats.* London and New York: Longman, 1985.

Williams, Meg Harris. *Inspiration in Milton and Keats.* London: The Macmillan Press Ltd, 1982.

Wright, Richard. *American Hunger.* New York: Harper & Row(1944), 1977.

Zinn, Howard. *A People's History of the United States.* New York: Harper & Row, 1980.

김미아

1996년 미국 Washington D.C. Maryland 대학교에서 석사학위논문을 위한 자료수집과 준비과정을 마쳤으며, 2003년 작고하신 아버지가 함께하셨던 전북대학교 영어영문학과에서 박사학위를 받고, 여러 대학에서 영어 과목의 강의를 해 오던 중 2005년 이래로 전주대학교 교양학부에서 전임 강사로 활동하고 있다. 2004년 California State Univ. Fresno University에서 TESOL certificate을 취득했으며 19세기 영국의 낭만주의 시인인 John Keats와 흑인작가 랠프 엘리슨을 비롯하여 또 한 사람의 노벨문학상 수상자인 흑인 소설가 토니 모리슨(Toni Morrison)에 대한 논문을 수차례 연구, 발표해 왔다. 흑인들의 긍정성과 긍정적 이데올로기의 근거를 탐구하고 입증하고자 한 필자의 노력은 집필된 여러 논문에서 찾아볼 수 있다. 「흑인음악 속에 내재된 흑인민족의 긍정성(Positivity Inscribed in African‒American Music)」, 「블루스의 미학(The Esthetics of Blues)」, 「토니 모리슨의 글쓰기 전략(Toni Morrison's Writing Strategies that transcends Racial and Sexual Limits)」, 「자유를 향한 흑인 여성 슐라의 진정한 비상(An African‒American Woman, Sula, and Her Flight to Freedom)」, 「분열과 조화의 양상으로 드러나는 여성주체 분석(The Analysis of two different female egos with the aspects of 'Fragmentation' and 'Harmony')」, 「상실과 복원, 변화로 이어지는 흑인정신(Loss and Restoration in Morrison's Paradise)」, 「모성성의 긍정적 이데올로기 연구(A Re‒reading of the Concept of "Motherhood" in Song of Solomon)」 등이 그것이다. 2009년 KBS 클래식 음악 프로인 "노래의 날개" 코너에서 영화 속의 블루스 그리고 재즈라는 섹션을 이끌며 블루스 음악의 역사적 배경과 재즈로의 변천사 그리고 이러한 특색을 담고 있는 영화 속의 음악들을 소개했다. 음악과 인연이 깊어 International Sori Festival에 초대된 몇몇 연주자들의 공연에서 그들의 음악세계가 관객들에게 잘 전달될 수 있도록 통역 일을 하기도 했다. 현재는 『영화 속의 블루스 그리고 재즈』라는 작품을 집필 중에 있다.

JOHN
KEATS

낭만주의 시대의 진정한 사색가,
John Keats의 미학

초판인쇄 | 2010년 9월 13일
초판발행 | 2010년 9월 13일

지 은 이 | 김미아
펴 낸 이 | 채종준
펴 낸 곳 | 한국학술정보㈜
주   소 | 경기도 파주시 교하읍 문발리 파주출판문화정보산업단지 513-5
전   화 | 031) 908-3181(대표)
팩   스 | 031) 908-3189
홈페이지 | http://ebook.kstudy.com
E-mail | 출판사업부 publish@kstudy.com
등   록 | 제일산-115호(2000. 6. 19)

ISBN   978-89-268-1490-1 93840 (Paper Book)
         978-89-268-1491-8 98840 (e-Book)

내일을여는지식 은 시대와 시대의 지식을 이어 갑니다.